李天綱 主編

浦東歷代要籍選刊編纂委員會 編

唐祖樾集

[清]唐祖樾 著

孫幼莉 整理

復旦大學出版社

圖書在版編目（CIP）數據

唐祖樾集／（清）唐祖樾著；孫幼莉整理．—上海：復旦大學出版社，2022. 6
（浦東歷代要籍選刊／李天綱主編）
ISBN 978-7-309-16140-3

Ⅰ. ①唐…　Ⅱ. ①唐…　②孫…　Ⅲ. ①古典詩歌-詩集-中國-清代　Ⅳ. ①I222.749

中國版本圖書館CIP數據核字（2022）第041517號

唐祖樾集

（清）唐祖樾　著　孫幼莉　整理

出版發行　復旦大學出版社
上海市国权路五七九号　邮编：二〇〇四三三
八六一二一一六五一〇二五八〇（门市零售）
八六一二一一六五一〇四五〇五（团体订购）
八六一二一一六五六四二八四五（出版部）
fupnet@fudanpress.com　http://www.fudanpress.com

責任編輯　胡欣軒

印　　刷　上海盛通时代印刷有限公司
開　　本　890×1240　1/32
印　　張　8.25
字　　數　158千字
版　　次　二〇二二年六月第一版第一次印刷

書　　號　ISBN 978-7-309-16140-3/I・1313
定　　價　玖拾圓

唐述山自訂年譜

唐氏望出晉陽按族譜貴一公自汴梁從宋高宗南渡兵燹後世系莫考十四世祖福五公卜居松江府上海縣今隸南匯縣之南三竈港是爲始祖七世祖西疇公遷大團鎮五世祖豫田公遷南三竈港之柴場灣贈文林郎高祖允升公曾祖拱玉公世有隱德大父柴谿公雍正甲辰科聯捷進士官安徽鳳陽府池州府教授自西疇公以下家業頗饒累世分析中更多故遂中落柴谿公刻志讀書自鳳陽告養回里舊居不能容奉曾祖母喬太孺人遷居南四竈港受徒以供菽水顏廳事曰誦耘處生三子次子已

上海圖書館藏清道光刻本《述山詩鈔》書影

述山詩續鈔卷一

南滙　唐祖樾　蔭夫

磁州夜雨

滏水油雲合瀰漫遍夕陰懸燈孤客夢宜麥老農心蓑笠扶犁亟輪蹄陷淖深耤蘇詩筆槁倚馬試長吟

新鄭見竹林

曲水平橋廣陌邊薄寒翠裹倚嬋娟桑乾九月霜摧草青眼逢君又一年

驛梅鄉信盼平安遊旅相看强自寬遥憶故園雷雨後鄰翁曉筍薦春盤

上海圖書館藏清道光刻本《述山詩續鈔》書影

浦東歷代要籍選刊　編纂委員會

總序

葛劍雄

改革開放以來，浦東以新區的設立和其日新月異的發展面貌聞名於世，而此前還只是一個附屬於上海的地名。但這並不等於浦東的歷史是從二十世紀九十年代纔開始的，更不意味着此前的浦東没有自己的文化積累。

由於今上海市一帶至遲在西元十世紀已將河流稱之爲「浦」，如使上海得名的那條河即爲上海浦，一條河的東面就能被稱之爲「浦東」。因而「浦東」可以不止一個，但只有其中依託於比較大的、重要的「浦」而得名的「浦東」，方能成爲一個專用地名，并且能長期使用和流傳。這個「浦」自然非黄浦莫屬。

廣義的浦東是指黄浦江以東的地域，自然得名于黄浦江形成之後，但在兩千多年前的秦漢時期已經開始成陸，此後不斷擴大。黄浦這一名稱始見於南宋紹興二十八年（一一五八），是指吴淞江南岸的一條曾被稱爲東江的支流。此後河面漸寬，到明初已被稱爲大黄浦。永樂年間經夏元吉疏浚，黄浦水道折向西北，在今吴淞口流入長江。正德十六年（一五二一），經疏浚後的吴淞江下游河道流入黄浦，此後，原在黄浦以東的吴淞江故道逐漸堙没，吴淞江成爲黄浦的支流，而黄浦成了上海地區最大河流。

南宋以降，相當於此後黄浦以東地屬兩浙路華亭縣。元至元二十九年（一二九二）析華亭縣置上海縣，此地大部改屬上海縣，南部仍屬華亭縣，北部一小塊自南宋嘉定十五年（一二二七）起屬嘉定縣。在明代黄浦下游河道形成後，黄浦以東地區的隸屬關係並無變化。清雍正三年（一七二五）寶山縣設立，黄浦東原屬嘉定縣的北端改屬寶山。雍正四年，黄浦以東地區的大部分設置了奉賢縣和南匯縣。嘉慶十五年（一八一〇），以上海縣東部濱海和南匯北部置川沙撫民廳（簡稱川沙廳），民國元年（一九一二）建川沙縣。但上海縣的轄境始終有一塊在黄浦之東，寶山縣也有一小塊轄境處於高橋以西至黄浦以東，故狹義的浦東往往專指這兩處。

一八四三年上海開埠後，租界與華界逐漸連成一片，形成大都市。一九二七年上海設特别市，至一九三〇年改上海市，其轄境均包括黄浦江以東部分，一般所稱浦東即此。一九五八年至一九六一年一度設縣，即以浦東爲名。川沙、南匯二縣雖屬江蘇，但與上海市區關係密切，故仍被視爲浦東，或稱浦東川沙、浦東南匯。一九五八年二縣由江蘇劃歸上海市後更是如此。

改革開放後，浦東新區於一九九二年成立，轄有南市、黄浦、楊浦三區黄浦江以東地、上海縣三林鄉，川沙縣撤銷後全部併入。至二〇〇九年五月，南匯區也撤銷併入浦東新區，則浦東已臻名實相符。

故浦東雖仍有上海市域最年輕的土地，且每年續有增加，但其歷史文化仍可追溯一千多年。特别是上海建鎮、設縣以後，浦東地屬江南富裕地區，經濟發達，文教昌隆，自宋至清産生進士一百多名以及衆多舉人、貢生和秀才，留下大量著作和詩文。上海開埠和設市後，浦東作爲都市近鄰，頗得風氣之先，出現了具有全國影響的人物和著作。

據專家調查，浦東地區一九三七年前的人物傳世著作共有一千三百八十九種，其中收入《四庫全書》者十二種，列入《四庫全書存目》者十餘種，在小説、詩文、經學和醫學中均不乏一流作品。但其中部分已成孤本秘笈，本地久無收藏。大多問世後迄未再版，有失傳之虞。由於長期未進行搜集匯總，專業研究人員也難窺全貌，公衆不易查閲瞭解，外界更鮮爲人知。

浦東新區政府珍惜本地歷史文化，重視文化建設，滿足公衆精神需求，支持政協委員提案，决定由新區政協文史資料委員會和地方志辦公室聯合編纂《浦東歷代要籍選刊》。計劃以至少三年時間，選取整理宋代至民國初年浦東人著作一百種，近千萬字，分數十册出版。此舉不僅使浦東鄉邦文獻得以永續傳承，也使新老浦東人得以瞭解本地歷史和傳統文化，並使世人更全面認識浦東新區，理解浦東實施改革開放的内因和前景。

長期以來，流傳着西方人的到來使上海從一個小漁村變成了大都會的錯誤説法，完全掩蓋了此前上海由一聚落而成大鎮、由鎮而縣、由縣而設置國家江海關的歷史。這固然是外人蓄意誤導的結果，也是本地人對自己的歷史和文化瞭解不夠、傳播更少所致。浦東自改革開放以來，外界也往往只見其高新技術産品密集於昔日農舍田疇，巨型建築崛起於荒野灘塗，而忽視了此前已存在的千年歷史和鬱鬱人文。況新浦東人不少來自外地和海外，又多科研、理工、財經、企管、行政專業人士，使他們全面深入瞭解浦東的歷史文化，更具現實和長遠的意義。

我自浦西移居浦東十餘年，目睹發展巨變，享受優美環境，今又躬逢浦東歷代要籍選刊編纂出版之盛事，曷其幸哉！是爲序。

二〇一四年六月於浦東康橋寓所

主編序

李天綱

地名：浦東之淵源

「浦東」，現在作爲一個「開發區」的概念，留在世人的印象中。一九九〇年代，「浦東」是國内外媒體上出現頻率最高的詞之一。一九九三年一月成立上海市政府直屬地方銀行，以「浦東發展銀行」命名，可見當代「浦東」之於上海的重要性。一九九二年十月，上海市政府執行國家「浦東開發」戰略，以川沙縣全境爲主體，將上海縣位於浦東的三林鄉，當年曾劃歸楊浦、黄浦、南市等市區管理的「浦東」部分合併，設立「浦東新區」。二〇〇九年，上海市政府又決定將地處黄浦江以東的南匯區（縣）全境劃入，成爲一個轄境一千四百二十九點六七平方公里的副省級行政單位，高於上海的一般區縣。「浦東」，作爲一個獨立的行政區劃概念，以强勢的面貌，出現於當代，爲世界矚目。

「浦東」一詞出現得晚，但絕不是沒有來歷。浦東和古老的上海、松江以及江南一起發展，已經有了上千年的歷史。固然，浦東新區全境都在三千年前形成的古岡身帶以東，所有陸地都是由長江、錢塘江攜帶的泥沙，與東海海潮的沖頂推湧，在唐代以後才形成的。上海博物館的考古隊，没有在浦東地區找到明以前的豪華墓葬。但是，這裏的土地、人物和歷史，與上海縣、松江府和江蘇省相聯繫，是江南地區吴越文明的繁衍與延伸。經過唐、宋時期的墾殖、開發和耕耘，浦東地區的經濟、社會和文化在明、清兩代登峰造極。川沙、周浦、横沔、新場這樣的鄉鎮日臻發達，絕非舊時的一句「斥鹵之地」所能輕視。

浦東新區由原屬上海市位於黄浦江東部的數縣，包括了川沙、南匯和上海縣部分鄉鎮重組而成。從行政統屬來看，浦東新區原屬各縣設立較晚。清代雍正四年（一七二六），從上海縣析出長人鄉，設立南匯縣；嘉慶十五年（一八一〇），由上海縣析出高昌鄉，南匯縣析出長人鄉，加上八、九兩團，合併設立川沙撫民廳，簡稱川沙廳。開埠以後，租界及鄰近地區合併發展，迅速成爲「大上海」，上海、寶山、川沙等縣份受「洋場」影響，捲入到現代都市圈。南匯縣則因爲離市區較遠，和川沙仍皆隸屬於江蘇省松江府。一九一一年，中華民國建立後，廢除州、府、廳建制，南匯縣歸江蘇省管轄，川沙廳改稱川沙縣，亦直屬江蘇省。一九二八年，國民政府在上海設立特别市，浦東地區原屬寶山、川沙縣的鄉鎮高橋、高行、陸行、洋涇、塘橋、楊思等劃入市區。一九三七年以後，日僞建立上海市大道政府、上海特別市政府，將川沙、南匯從江蘇省劃出，隸於「大上海市」。一九四五年抗戰勝利以後，國民政府恢復一九一一年建置，川沙、南匯仍然隸於江蘇省。一九五〇年，中華人民共和國公布省、市建置，以上海、寶山兩縣舊境設立上海直轄市。浦東地區的川沙、南匯兩縣，歸由江蘇省松江專員行政公署管轄。一九五八年十月，中華人民共和國國務院將浦東的川沙、南匯兩縣，及江蘇省所轄松江、青浦、奉賢、金山、崇明等五縣一起，併入上海市直轄市。此前，一九五八年一月，江蘇省嘉定縣已先期劃歸上海市管理。

「浦東新區」之前，已經有過用「浦東」命名的行政區劃，此即一九五八年到一九六一年設置的「浦東縣」。一九五八年，爲「大躍進」發展的需要，上海市政府在原川沙縣西北臨近黃浦江地區，設立「浦東縣」，躍躍欲試地要跨江發展，開發浦東。「浦東縣」政府設在浦東南路，轄高橋、洋涇、楊思三個鎮，共十一個公社，六個街道。一九六一年一月，因工業化遭遇重大挫折，上海市政府在「三年自然災害」中撤銷了「浦東縣」，把東部農業型「東郊」區域的洋涇、楊思、高橋等鄉鎮，劃歸川沙縣管理。沿黃浦江的「東昌」狹長工業地帶，則由對岸的老市區楊浦區、黃浦區、南市區接手管轄。「浦東縣」在上海歷史上雖然只存在了三年，卻顯示了上海人的一貫志向。即使在一九五〇年代的極端困難條件下，仍然懷揣著「開發浦東」的百年夢想，只要有機會，就想幹一下。

現代的「大上海」，原來是從上海、寶山兩縣的土地上生長起來的。明代以前，上海、寶山仍以吴淞江（後稱「蘇州河」）劃界。吴淞江以北的「淞北」，屬寶山縣；吴淞江以南的「淞南」，屬上海縣。吴淞江是松江府之源，「松江」，原名就是「淞江」，「府因以名」。按明正德松江府志的説法，「吴淞江，後以水災，去水從松，亦曰松陵江」。水克火，木生火，「淞江」去「水」，從「木」爲「松江」，上海果然「火」了。清代以前，上海士人寫的方志、筆記、小説，以及他們的堂號室名，都用「吴淞」、「淞南」作爲郡望。一六〇七年，徐光啓和利瑪竇合譯幾何原本，在北京刊刻，便是署名「泰西利瑪竇口譯，吴淞徐光啓筆受」，自稱「吴淞」人。另外，清嘉慶年間上海南匯人楊光輔編淞南樂府，光緒年間南匯人黄式權編淞南夢影録，昆山寓滬文人王韜（一八二八—一八九七）作淞隱漫録、淞濱瑣話，採用「淞南」、「吴淞」之名説上海，可見明、清文人學士，都用吴淞江作爲上海的標誌。吴淞江是上海的母親河，而「黄浦江是母親河」，只是一九八〇年代以後冒出的無知説法。

明、清時期的黄浦是一條大河，卻不是首要的幹流。方志裏的「水道圖」，都把「吴淞江」置於「黄浦」之前。「黄浦」，一説「黄歇浦」的簡稱，僅是一「浦」，並不稱「江」。在上海方言中，「浦」大於河，小於江，如周浦、桃浦、月浦、上海浦、下海浦……黄浦流經太湖流域，水流較清，經閔行、烏泥涇、龍華等鎮，匯入吴淞江。吴淞江受到長江泥沙的影響，水流較濁，淤泥沉澱，元代以後逐漸堙塞。於是，原來較爲窄小的黃浦不斷受流，成爲松江府「南境巨川」。明代永樂元年（一四〇三），上海人葉宗行建議開鑿范家浜，引黃浦水入吴淞江，共赴長江。從此，江浦合流，黃浦佔用了吴淞江下游河道。黃浦江的受水量和徑流量，大約在明代已經超過吴淞江了。但是在人們的觀念中，黃浦江仍然没有吴淞江重要，經濟、交通和人文價值還不及後者。康熙上海縣志的「水道圖」，仍然把吴淞江和黃浦畫得一樣寬大。從地名遺跡來看，地處吴淞江下游的「江灣」，並非黃浦之灣，而是吴淞江之灣。同理，今天黃浦江的入口，並不稱爲「黃浦口」，依然是「吴淞口」。

黃浦江以東地區在唐代成陸，大規模的土地開發則是在宋代開始，於明代興盛。宋、元兩代，浦東地區産業以鹽田爲主，是屬華亭縣的「下砂鹽場」。從南匯的杭州灣，到川沙的長江口，「大團」到「九團」一字排開，團中間還有各「竈」的開設。聯繫各「竈」，設立爲「場」，爲當年的曬鹽場，「大團」、「六竈」、「新場」的地名沿用至今。隨着海水不斷退卻，海岸不斷東移，鹽業衰落，明代以後浦東地區便繼之以大規模的圍海造田，農業墾殖。早期的浦東開發，在泥濘中築堤、圍墾、挖河、開渠、種植，異常艱辛。爲了鼓勵浦東開發，元代至元年間的松江知府張之翰向中央申請減税，他描寫浦東人的苦惱，詩曰：「黃浦春風正怒號，扁舟一葉渡驚濤，諸君來問民間苦，何用潮頭幾丈高。」算是一位瞭解民間疾苦，懂得讓利培本的地方官。

隨著浦東的早期開發，以及浦東人的財富積累，「浦東」以獨特的形象登上了歷史舞臺。「黃浦江」的概念在清末變得重要起來，上海人的地理觀念由此也經歷了從「淞南—淞北」到「浦東—浦西」的轉變。至晚在明中葉，「浦東」一詞已經在上海人的日常生活中使用。萬曆上海縣志載：「由閘江而下，若鹽鐵塘、沈家莊，若周浦，若三林塘，若楊淄樓，此爲浦東之水也。」「閘江」，即後之「閘港」，在南匯境内；「鹽鐵塘」、「沈家莊」，今天已不傳，地域在南匯、川沙交界處；「周浦」、「三林塘」在川沙境内；「楊淄樓」在今「楊家渡」附近。「浦東」，顧名思義是東海之内、黃浦以東的廣大地區，是泛稱，非確指。明清時，因爲黃浦到楊樹浦、周家嘴匯入吴淞江，故「浦東」只指南匯、川沙地區，還没有包括當時在吴淞江對岸、屬寶山縣的高橋地區。歷史上的「浦東」一詞，只是方位，並非地名。同治上海縣志卷首「上海縣南境水道圖」中解釋：「是圖南起黃浦中界蒲匯塘，而浦東、西之支水在南境者並屬焉。」這裏的「浦東」，仍然僅僅是指示方位。通觀清代文獻，「浦東」一詞並没有作爲地名，在自然地理、行政地理的敘述中使用。

時至清末，「黃浦」的重要性終於超過「吴淞江」，同治上海縣志説：「（松江）一郡之要害在上海，上海之要害在黃浦，黃浦之要害在吴淞所。」黃浦取得了地理上的重要性，主要是它成爲中外貿易的要道，近代上海是從黃浦江上崛起的。一八四三年，上海開埠以後，華界的南市（十六鋪）和英租界（外灘）、法租界（洋涇浜）、美租界（虹口）連爲一體，在幾十年間迅速崛起，這一段河道，只屬於黃浦，不屬於吳淞江。更致命的是，一八四八年上海道臺麟桂和英國領事阿禮國修訂上海租地章程的時候，英語中把「吳淞江」翻譯成了「蘇州河」（Soo Choo River），作爲英租界的北界。「蘇州河」以外灘爲終點，從此以後，吳淞江下游包括提籃橋、楊樹浦、軍工路、吳淞鎮的岸線，在現代上海人的心目中就專屬「黃浦」，「黃浦」由此升格爲「黃浦江」。囊括上海、寶山、川沙三縣的「大上海」，也正式地分爲「浦東」和「浦西」。「後殖民理論」的批評者，可以指責英國殖民者用「蘇州河」取代「吳淞江」，還捏造出一條「黃浦江」。但是，我們的解釋原理是既尊重歷史，也承認現實。從自然地理來看，原來用東西向的吳淞江，把上海分爲「淞南」、「淞北」，是一個局促的概念，確實不及用南北向的黃浦江分爲「浦西」、「浦東」更爲大氣與合理。地理上的重新區分，順應了上海的空間發展，以及上海人的觀念演化，更反映了上海的「近代化」。

認同：浦東之人文

浦東的地理，順著吳淞江、黃浦江東擴；浦東的人文，自然也是上海、寶山地區生活方式的延續與傳承。「開發浦東」是長江三角洲移民運動的結果。明清時期的上海，已經是一個移民導入地區，北方人、南方人來此營生的比比皆是。但是，當時的「浦東開發」，基本上是上海人民的自主行爲，具有主體性。四百多年前，歷史上最爲傑出的上海人徐光啓，就是浦東開發的先驅。徐光啓是上海城裏人，中國天主教會領袖，編農政全書，號召國人農墾。話説有一位姓張的北京人，是帝都裏最早的天主教徒，他「由利瑪竇手領洗，後來徐光啓領他到上海，在徐宅服務。不久，即在黄浦江邊墾種新漲出之地，因而居留焉」。京城的張姓移民，在徐光啓的幫助下站住腳跟，歸化爲上海人。徐光啓後裔徐宗澤在中國天主教傳教史概論中説，這塊灘地，就是現在浦東的「張家樓」。

元代黄巖人陶宗儀，因家鄉動亂，移民上海，「避兵三吴間，有田一廛，家於淞南，作勞之暇，每以筆墨自隨」，遂作南村輟耕録。松江府華亭（上海）一帶果然是逃避戰亂、修身養息、耕讀傳家的好地方。上海的一個神奇之處，就在於這一片魚米之鄉，還總有灘地從江邊、海邊生長出來，而且平坦肥沃，風調雨順，易於開墾。願意吃苦的本地人、外地人，都很容易在浦東獲得更多的土地，過上好日子。子孫繁衍，數代之後就成爲佔據了整村、整鎮的大家族。「朱、張、顧、陸」，史稱江東大族，浦東的衆姓分佈也是如此。南匯縣周浦鎮朱氏，以萬曆年間朱永泰一族的事跡最堪稱道。徐光啓没有及第之前，永泰曾請他來浦東教授自家私塾。徐光啓位居相位之後，召他兒子入京辦事，永泰居然婉拒。直到順治十六年，永泰的孫子朱錦在南京一舉考取南榜「會元」，選爲庶吉士。朱錦秉承家風，「決意仕途，優游林下」（閱世編），淡泊利禄，不久就致仕回浦東，讀書自怡，專心著述。浦東士人，因爲生活優裕，方能富而好禮。

浦東張氏，舉新場鎮張元始家族爲例。張元始爲崇禎元年進士，曾爲户部侍郎。滿洲入侵的關頭，他回到松江、蘇州地區爲支用短缺的崇禎皇帝籌集軍餉，調運大批錢糧，北上抗清。東林黨争，他「彈劾不避權貴」（閱世編），「性方嚴，不妄交游，留心經濟」（光緒南匯縣志）。浦東籍的士人，多有耿直性格。浦東顧氏，舉合慶鎮顧彰爲例。江南顧氏，傳説是西漢封王顧余侯之後，川沙顧氏則是明代弘治十八年狀元顧鼎臣家族傳人。顧鼎臣（一四七三—一五四〇），昆山人，位居禮部尚書，任武英殿大學士，明中葉以後家族繁衍，散佈在昆山、嘉定、寶山、川沙一帶。太平天國戰亂之後，江南經濟恢復，川沙人顧彰在村裏開設一家店鋪，額爲「顧合慶」。生意成功，周圍店家不斷開設，數年之内，幡招林立，成了市鎮，人稱「合慶鎮」。顧彰「開發浦東」有功，兩江總督端方請朝廷賞了顧彰的長子懿淵一個五品頭銜，顧彰的孫子占魁也被録取爲縣庠生。浦東陸氏，我們更可以舉出富有傳奇的陸深家族爲例。陸深（一四七七—一五四四），松江府上海縣人，高祖陸餘慶以上世居馬橋鎮，元季喪亂，曾祖德衡遷居到黄浦岸邊的洋涇鎮。這樣一户普通的陸姓人家，累三世之耕讀，到陸深時已經成爲浦東的文教之家。弘治十四年（一五〇一），陸家院内的一棵從不開花的牡丹，忽然開出百朵鮮花，當年陸深在南京鄉試中便一舉奪得「解元」。後來大名鼎鼎的昆山「狀元」顧鼎臣和陸深同榜，這次卻被他壓在下面。陸深點了翰林，做過國子監祭酒，也給嘉靖皇帝做過經筵講官，但接下來的官運卻遠遠不及顧鼎臣，只在山西、浙江、四川外放了幾次布政使。陸深去世後，嘉靖皇帝懷念上課時的快樂時光，也只給他加贈了一個「禮部侍郎」的副部級頭銜。不過，陸深給上海留下了一個大名頭：陸家宅邸、園林和墳塋地塊，在黃浦江和吳淞江的交界處，尖尖的一喙，清代以後，人稱「陸家嘴」。

浦東地區的南匯、川沙，原屬上海縣，這裏和江南的其他地區一樣，物產豐富，人物鼎盛，文教繁榮，產生了許許多多的世家大族。「朱、張、顧、陸」的繁衍，是浦東本地著名大姓的例子。事實上，外來移民只要肯融入上海，即使孤身一人，也能在浦東成家立業，樹立自己的家族。無錫華氏家族，元代末年有一位華嶽（字太行），因戰亂離散，來到上海，在浦東横沔鎮蘇家入贅。按本地習俗，人稱爲「招女婿」，近似於「打工仔」。然而，華嶽一表人才，並不見外，奮身於鄉里，他「風姿英爽，遇事周詳，一鄉倚以爲重」（轉引自吳仁安明清時期上海地區著姓望族）。這位「引進人才」在蘇家積極工作，耕地開店，帶領全村發家致富，族人居然允許他自立門户，用華氏名義傳宗接代。乾隆初年，華氏子孫「增建市房，廛舍相望」（南匯縣志・疆域・邑鎮），這就是浦東名鎮「横沔鎮」的起源。管窺蠡測，我們在浦東横沔鎮華氏家族的復興故事中，看到了明、清時期上海社會接納外來移民的良性模式。寄居浦東，入籍上海，認同江南，融入本土社會，這是外來者成功的關鍵。「海納百川」，是上海本地人的博大胸襟；「融入本土」，則更應該是外來移民的必要自覺。浦東人講:「吃哪里嗒飯,做哪里嗒事體,講哪里嗒閒話。」熱愛鄉土,服務當地民衆福祉,維護地方文化認同,如天經地義一般重要。

南匯、川沙原來都屬於上海縣,清代雍正、嘉慶年間剛剛分別設邑,爲什麼會在清末就有一個和上海「浦西」相對應的「浦東人」的認同發生?這是值得思考的問題。「浦東人」,就是明、清時期的「上海人」,他們在近代歷史上形成了一個子認同(sub-identity)。二十世紀開始,「浦東人」和黃浦江對岸的「大上海」既有聯繫,又有分別,大致可以用文化理論中的「子認同」來描述。十九、二十世紀中,浦東的地方語言,和上海市區方言差距拉大;浦東的農耕生活,和市區的大工業、大商業有些不同。儘管朱其昂、張文虎、賈步緯、楊斯盛、陶桂松、李平書、黄炎培、葉惠鈞、穆藕初、杜月笙等一大批川沙、南匯籍人士活躍於上海,但是「浦東」是他們口中念念的家鄉,「上海」是他們心中一個異樣的「洋場」,因爲「大上海」的文化認同更加寬泛。

清末民初時期,占人口約百分之十的上海本地人,接納了約百分之九十的外地人、外國人,這裏熔鑄出一種新型的文化。「華洋雜居,五方雜處」,現代上海人的認同要素中,不但包括了蘇州、寧波、蘇北、廣東、福建、南京、杭州、安徽、山東人帶來的文化因數,還有很多英國、法國、美國、德國、日本的文化因數。「阿拉上海人」,是一個較大範圍的城市文化認同(identity);「我伲浦東人」則是一個區域性的自我身份(status)。熟悉上海歷史的人都知道,兩者之間確有一些微妙的差異。但是，這種不同，互相補充，互爲激盪，屬於同一個文化整體。這種差異性，正說明上海文化的內部，自身也充滿了各種「多樣性」(diversity)，並非一個專制體。文化，是拿來欣賞的，不是用作統治的。上海的「新文化」，有過一種文化上的均勢，曾經對「五方」、「華洋」的不同文化加以欣賞。在這個過程中，浦東地區保存的本土傳統生活方式，是「大上海」的母體文化，支撑了一種新文明。無論浦東文化是如何迅速地變異和動盪，變得不像過去那樣傳統，但它卻真的曾以「壁立千仞，海納百川」的胸襟，接納過世界各地來的移民。它是上海近代文化（俗所謂「海派文化」）的淵源，我們應該加倍地尊重和珍視纔是。

傳承：浦東之著述

直到明、清，以及中華民國的初期，江南士人的身份意識仍然是按照鄉、鎮、縣、府、省的單位，一級一級，自然而然，由下往上地漸次建立起來的。日常生活中，江南士人都主動或被動以自己的地望作爲身份，如「徐上海」、「錢常熟」、「顧崑山」地交際應酬，不會只用一個「中國人」的表面身份來隱藏自己。只有當公車顛沛，到了「帝都魏闕」，或厠身擠進了「午門大閦」，沾上些許皇帝的虛驕，纔會偶爾感到自己是個「中國人」。儒家推崇由近及遠，由裏而外，漸次推廣的傳統人際關係，有相當的合理性。在此過程中，不同地域的人羣學會了尊重各自的方言、禮節、習俗、飲食和價值觀念，在一個「多樣性」的社會下生存。今天，「多元文化觀」在「國家主義」盛行的二十世紀，以及「全球化」橫掃的二十一世紀，面臨著巨大的困窘。如何在當今社會發掘傳統，面對危機，重建認同，是一件很重要的事情。

二十世紀中，在現代化「大上海」的崛起中，上海地區的學者和出版家，一直努力將江南學術的優秀傳統，匯入「國際大都市」的文化建設，出版地方性的文獻叢書便是一種做法。一九三六年，負責編寫上海通志的上海通社整理刊刻了上海掌故叢書第一集十四種，後因「抗戰」、「內戰」發生，没有延續。一九八七年，華東師範大學出版社編輯影印了上海文獻叢書，共五種。一九八九年，上海古籍出版社標點排印了上海灘與上海人叢書，共二十三種。縣區一級的文獻叢書，有松江文獻系列叢書（上海社會科學院出版社，二〇〇〇年），共十二種；嘉定歷史文獻叢書（中華書局，二〇〇六年），線裝，二輯。在基層文化遺産保護前景堪憂的大局勢下，地方傳統文獻的整理出版工作倒是在各地區有識之士的堅持下，努力從事。上海浦東新區地方志辦公室的同仁們，亟願爲浦東文化留下一份遺産，編輯一套浦東歷代要籍選刊。復旦大學出版社憑藉獨有的學術組織能力和編輯實力，積極參與這一出版使命。這樣的工作，對開掘浦東的傳統內涵，維護當地的生活方式，發展自己的文化認同，都具有重要意義，無疑應該各盡其力，加以支持。

編纂浦東歷代要籍選刊，首要問題是如何釐定作者的本籍，將上海地區的「浦東人」作者挑選出來。清代中葉之前，現在浦東新區範圍内的土地和人民並不自立，當時並没有「浦東人」。但是，明、清時期江南地區的鄉鎮社會異常發達，大部分讀書人的籍貫，往往可以追究到鎮一級。爲此，我們在確定明、清時期的浦東籍作者時，都以鎮屬爲依據。那些或出生，或原居，或移居，或寓居在現在浦東地區鄉鎮的作者，儘管著述都以「上海縣」、「華亭縣」、「嘉定縣」標署，但隨著清代初年「南匯縣」、「川沙縣」，以及後來「浦東縣」、「浦東新區」的設立，理應歸入「浦東」籍。

例如：高橋籍舉人孫元化（一五八一—一六三二）追隨徐光啓，有著作幾何體用、幾何演算法、泰西算要等傳世。當時的高橋鎮在黄浦東岸，屬嘉定縣，孫元化的籍貫當然是嘉定。清代雍正二年（一七二四），嘉定縣析出寶山縣，孫元化曾被視爲寶山人。一九二八年，高橋鎮劃入上海特别市的浦東部分，從此孫元化可以被認定爲「浦東人」。陸深的浦東籍貫身份，也可以如此確定。明史本傳稱：「陸深，字子淵，上海人。」按葉夢珠閲世編・門祚記載，陸深科舉成功後曾移居上海城裏，居東門，稱「東門陸氏」。然而，陸深的祖居地及其墳塋，均在浦東陸家嘴，理當被視爲「浦東人」。相對於原本就出生在浦東地區的陸深、孫元化而言，黄體仁自陳「黄氏世爲上海人」（曾大父汝洪公曾大母任氏行實，收入黄體仁集），進士及第爲官後，即在城裏南門内擴建宅邸，黄家里巷命名爲黄家弄（黄家路）。另外，黄體仁的父母去世後，也安葬在西門外周涇（西藏南路）的黄家祖塋（參見先考中山府君先妣瞿孺人繼妣沈孺人行實），是地地道道的上海人。黄體仁之所以被認定爲浦東人，是因爲他在九歲的時候，爲躲避倭寇劫掠，曾隨祖母和母親在浦東避難，並佔用金山衛學的學額，考取秀才，進而中舉、及第。科場得意以後，他纔回到上海城裏，終老於斯。明代之浦東，屬於上海縣，他甚至不能算是「流寓」川沙。然而，從黄體仁的曲折經歷，以及後來的行政劃分來看，他在川沙居住很久，確實也可以被劃爲「浦東人」。

選擇什麼樣的作者，將哪一些的著述列入出版，這是編纂浦東歷代要籍選刊的第二個難點。唐宋以前，浦東地區尚未開發，撰人和著述很少，可以不論。到了明、清時期，浦東地區開發有年，文教大族紛紛湧現，人才輩出，著述繁盛，堪稱「海濱鄒魯」，絶非中原學人所謂「斥鹵之地」可以藐視。按復旦大學古籍整理研究所近年來數篇博士論文的收集和研究，明、清時期上海浦東地區的著者人數，不亞於松江府、蘇州府其他各縣。據初步研究統計，清代中前期有著作存世的松江府作者人數共五百二十五人，其中華亭縣（府城）一百四十七人，上海縣一百二十三人，婁縣六十五人，青浦縣六十人，金山縣五十一人，南匯縣三十一人，奉賢縣二十二人，川沙縣二人，未詳二人。這其中，南匯、川沙屬於今天浦東新區，都是剛剛從上海縣劃分出來。以南匯縣本籍作者三十一人爲例，加上列在上海縣的不少浦東籍作者，這個新建邑城境内的文風一點不比其他縣份遜色。此項統計，可參見杜恰順復旦大學博士論文上海清代中前期著述研究。

明代天啓、崇禎年間，以松江地區爲中心，有「復社」、「幾社」的建立。那幾年，江南士人的文章風流和人物氣節，盡在蘇、松、太一帶。經歷了清代順治、康熙年間的高壓窒息，到乾隆、嘉慶年間，上海地區的文風又有恢復。順應蘇州、松江地區的「樸學」發展，「家家許鄭，人人賈馬」，這裏做考據學問的人也越來越多。因此，浦東學者也和其他江南學者一樣，在經、史、子、集的研究上下過功夫。易、書、詩、禮、樂、春秋的「經學」，二十四史之「史學」，天文、地理、曆算、農、醫、兵、雜、小説，詩文詞曲，釋、道教，「三教九流」的學問都有人做。在這樣豐富的人物著述中，挑選和編輯浦東歷代要籍選刊，是綽綽有餘，裕付自如的。

浦東地區設縣（南匯、川沙）之後的二百年間，各類學者層出不窮。以清末學者爲例，周浦鎮人張文虎（一八〇八—一八八五）以諸生出身，專研經學，學力深厚，卓然成家。道光年間，他幫助金山縣藏書家錢熙祚校刻守山閣叢書，一舉成名。一八七一年，張文虎受邀進入曾國藩幕府，被破格録用，負責「同光中興」中的文教事業。他刊刻船山遺書，管理江南官書局，最後還擔任南菁書院山長。張文虎學貫四部，天文、算學、經學、音韻學，樣樣精通。按當代南匯縣志的統計，他著有舒藝室雜著、鼠壤餘蔬、周初朔望考、懷舊雜記、索笑詞、舒藝室隨筆、古今樂律考、春秋朔閏考、駁義餘編、湖樓校書記和詩存、詩續存、尺牘偶存等著作，實在是清末「西學」普及之前少見的「經世」型學者。

一八四三年，上海開埠以後，浦東地區的學者得風氣之先，來上海學習「西學」，成爲中國最早的一批精通西方學術的學者。李杕（一八四〇——一九一一），名浩然，字問漁，幼年在川沙鎮從鎮人莊松樓經師學習儒家經學。一八五一年，李杕來上海，入徐家匯依納爵公學，學習法文、文學和科學。一八六二年加入耶穌會，一八七二年按立爲神父，一九〇六年繼馬相伯之後，擔任震旦學院哲學教授和教務長。李杕創辦和主編益聞報、格致彙報、聖心報等現代刊物，傳播西方科學、哲學和神學，著有理窟、古文拾級、新經譯義、宗徒大事録等，還編輯有徐文定公集、墨井集等。這樣一位貫通中西的複合型學者，在清末只有他的同班同學馬相伯等寥寥數人堪與之比。如果説明、清時期的浦東士人還是在追步江南，與蘇、松、太、杭、嘉、湖學風「和其光，同其塵」的話，那開埠以後的浦東學者在「西學」方面確是脱穎而出，顯山露水的。

「且頑老人」李平書（一八五一——一九二七）是高橋鎮人，父親爲寶山縣諸生，太平天國佔領江蘇時以難民身份逃到上海。十七八歲時，纔獲得本邑學生資格，進入龍門書院學習。這位浦東學子聰明好學，進步神速，不久就擔任字林報、滬報主筆，在城廂内外宣導「改良」，開設自來水廠。一八八五年，經清廷考試，破格録用他爲知縣，在廣東、臺灣、湖北等地爲張之洞辦理洋務，樣樣「事體」做得出色，且一心維護清朝利益。李鴻章遇見他後，酸溜溜地説「君從上海來，不像上海人」，算是對他的肯定與表揚。李平書確是少見的洋務人才，他奉行「中體西用」，一手創建了上海城廂工程局、警察局、救火會、醫院、陳列所等。最後，他還從張之洞手中要到了「地方自治權」，擔任上海自治公所的總董（市長）。李平書在一九一一年辛亥革命高潮中轉而支持革命黨，可見「且頑老人」是一位深明大義的上海人——浦東人。在仍然提倡仕宦合一、知行合一的清末，李平書也有重要著述，他的新加坡風土記、且頑老人七十自述、上海自治志都是上海社會變革的佐證。

浦東地區的文人士大夫，經歷了明清易代，又看到了清朝覆滅，還親手創建了中華民國，所謂「歷代」，愈來愈精彩，浦東人參與的歷史也愈來愈重要。孫元化、陳于階（康橋鎮百曲村）等浦東人，爲抗禦清朝獻出生命；李平書、黄炎培、穆湘玥一代浦東人，參與締造了中華民國；黄自、傅雷這樣的浦東人，爲中國的現代藝術做出了獨特貢獻；還有像張聞天、宋慶齡這樣的浦東人，厠身於中國的共産主義運動。這些浦東人都有著述存世，品類繁多，卷帙浩繁，選擇起來頗費斟酌。我們以爲，刊印浦東歷代要籍選刊應該本著「厚古薄今」的原則，對那些本來數量不多，且又較少流傳的古籍，包括在上海圖書館、復旦大學圖書館收藏的刻本、稿本和鈔本，儘可能地借此機會搶救和印製出來，以饗讀者。至於在民國期間，直到現在經常用平裝書、精裝書形式大量出版的近現代浦東人的著作，則選擇性收入。

出版一部完善的地方文獻叢書，還會遇到很多諸如資金、體例、版式、字體、設計等人力、物力方面的問題。好在有浦東新區政協文史委員會和地方志辦公室的鼎力支持，復旦大學出版社的精心組織，加上全國和復旦大學歷年畢業的學者，以及相關專業的博士後、博士生的積極參與，浦東歷代要籍選刊一定能圓滿完成。受浦東新區政協文史委員會和地方志辦公室，以及復旦大學出版社的邀請，由我擔任本叢書主編，感到榮幸的同時，也覺得有不少責任。因教學、研究事務繁鉅，不能從事更多工作，但一定會承擔相應的策劃、遴選、審讀、校看和復核任務，做出一部能够流傳、方便使用的文獻集刊，傳承浦東精神，接續上海文化。

二〇二四年八月十五日

暑假，於上海徐匯陽光新景寓所

浦東歷代要籍選刊　編纂凡例

一、地域範圍。選刊所稱之浦東，其地域範圍爲今黄浦江以東浦東新區和閔行區浦江鎮所屬區域。

二、人物界定。祖籍浦東並居住在浦東的人物，祖籍浦東但寓居於外地（包括今上海其他地區）的人物，長期寓居於浦東的外地籍（包括今上海其他地區）人物，其撰寫的著作均在選刊範圍之内。清初浦東地區行政設置前，人物籍貫以浦東地區鄉鎮爲準。

三、年代時限。所選著作的形成時間範圍，爲南宋至國民政府時期（一一二七—一九四九）。

四、選録標準。南宋至清嘉慶時期（一一二七—一八二〇）浦東人物所撰寫的著作原則上均予刊録；清道光至民國末年（一八二一—一九四九）浦東人物所撰寫的著作擇要選刊。本籍人士所撰經、史、子、集四部著作，或日記、年譜、回憶録等近代著述，不分軒輊，擇其影響重大者刊印。

五、編纂方式。依據古籍整理的通行規則，刊印文獻均用新式標點，直排繁體。選擇較早的底本，參照各本，並撰寫整理説明，編輯附録。除附書影外，凡有人物像和手跡者亦附録。尊重原著標題、卷次及文字，以存原始。

六、版本來源。所選各底本，力求原始。底本多據上海圖書館、復旦大學圖書館藏本，絶大多數著作爲首次整理和刊佈。

整理説明

唐祖樾(一七四六—一八一五)，字蔭夫，號述山，清中期南匯文人。乾隆四十二年(一七七七)考取舉人，榜後應考景山官學教習欽取第一名，銓授山西寧鄉縣知縣。後歷署樂平縣、安邑縣，升順天府糧馬通判，改雲南路南州知州，調署開化府知府，調補黑鹽井提舉，治皆有聲。嘉慶十三年(一八〇八)解組回籍。

南匯唐氏一族望出晉陽，於宋高宗南渡時遷居南匯，爲浦東世家：祖唐班爲雍正甲辰進士，告歸後授經訓士，文行卓著；父唐承華爲乾隆舉人，力學能文工書。唐祖樾「能承家學，居官二十餘年不名一錢，歸田後僦居郡城，或寓南橋，饔飧恒不繼，時人以爲拙宦」①。

唐祖樾擅詩歌，「詠鸚鵡詩尤爲傳誦」，惜其詩稿「因覆舟川江盡失之，故所刊詩僅若干卷」。此次唐祖樾集整理即以上海圖書館藏道光刻本述山詩鈔續詩鈔八卷(詩鈔四卷、續鈔四卷)爲

① 參乾隆南匯縣新志・人物・游寓、嘉慶松江府志・古今人傳十二、光緒南匯縣誌・選舉十五・人物三等。

底本，前有唐述山自訂年譜併其孫唐汝鈞題識，可知詩集刊刻得到了唐祖樾學生龔蓮舫之資助，時間當在丁酉歲（一八三七）後。

此次點校，在不影響文意的前提下，異體字、俗字、舊字形統一改作正體，避諱字徑予改補；缺損漫漶、無法辨認之字以「口」標識，訛字等出校説明。

總目

述山詩鈔

〔清〕唐祖樾　撰
孫幼莉　整理

述山詩鈔目録

自　序

（前缺）〔辛〕巳訖戊午三十八年，存什之七八；己未訖癸亥五年，隻字無存。爰再加删訂爲□卷。自問從茲宜閣筆焚硯，不復再唱渭城。而乙丑自京至滇途中所得，又不下數十首。旋應伯玉亭制府之招入幕，昕夕談讌，間以唱酬，三年始旋里。戚好相見，如隔再世，復以此事相推。遂綜三十八年所作爲前稿，乙丑訖壬申八年所作爲後稿，共計□卷，而應試、長律及倩人捉刀者不與焉。夫詩本性情，徵學養，誌閱歷，昔人或貯錦囊，或庋僧寺，至吾宗味江山人，納諸瓢，投諸江，以期不朽。自惟才地薄劣，何敢妄覬前賢？而生平身世之飄零，遭逢之侘傺，閱之恍如昨日，不忍竟而棄諸。憂患餘生，不識尚閱幾寒暑，倘天假之年，更有所作，當以次續焉。觀者不以詅癡符見哂，幸甚。考昔人詩集成，大率倩鉅公作序，今則滋甚，至以重貲購覓。予年近古稀，生平師友大半登鬼録，兼以宦索蕭然，爰自叙顛末，後有覽者，庶瞭如指掌云。

唐述山自訂年譜

唐氏望出晉陽。按族譜，貴一公自汴梁從宋高宗南渡，兵燹後世系莫考。十四世祖福五公，卜居松江府上海縣，今隸南匯縣之南三竈港，是爲始祖。七世祖西疇公，遷大團鎮。五世祖豫田公，遷南三竈港之柴塲灣，贈文林郎。高祖允升公、曾祖拱玉公，世有隱德。大父柴谿公，雍正甲辰科聯捷進士，官安徽鳳陽府池州府教授。自西疇公以下家業頗饒，累世分析，中更多故，遂中落。柴谿公刻志讀書，自鳳陽告養回里，舊居不能容，奉曾祖母喬太孺人遷居南四竈港，受徒以供菽水，顏廳事曰「誦耘處」。生三子，次子己卯優貢生、庚寅恩科舉人芝園公，娶吳太宜人，乾隆十一年丙寅四月二十一日寅時生祖樾。

三歲　戊辰

能言、學步，柴谿公鍾愛之，命名祖愛，抱置膝上，日課字四五十。是歲，適沈氏長妹生。

五歲　庚午

柴谿公銓授池州府學教授。時大母張太宜人已殁，内政乏人，命芝園公、吴太宜人挈子女隨行。抵署五日，弟祖藻、祖葶孿生。嗣後柴谿公親授四子書、六經古文，逐字講解，燈下講綱鑑，閲諸生課卷，親爲予評其優劣，遂曉文義。

九歲　甲戌

柴谿公乞休，予隨侍回里。弟祖蕃生。

十歲　乙亥

芝園公遷於誦耘處之東十餘武，迎柴谿公，奉晨昏，廣授生徒，且耕且讀。先是，柴谿公遷居時，有芝草十餘本生於宅東。至是公遂以爲别字，且顔新居曰「種芝堂」。

十一歲　丙子

適葉氏次妹生。

十二歲　丁丑

締婚吴氏母舅耕巖公女。

十三歲　戊寅

應童子試。學使大廷尉晉寧李公因培挑入幼童，交卷背誦五經。公爲首肯，諭曰：汝年太幼，遲至下科未晚也。

十四歲　己卯

弟祖權生。

十五歲　庚辰

時内弟吴白華稷堂以詩名江左，見而心羡焉，燈下誦漢魏六朝三唐古今體數十首，遂學步，動輒成帙，葉丈方宣見而亟賞之。

十六歲　辛巳

改今名，應試。八月，完姻。九月，補博士弟子。學使諸城劉文清公墉新例：生童用五言排律，與試者皆不習，作者寥寥。予縣試第二，府試第五，及院試皆以詩受知。

十七歲　壬午

因疾不赴省試。病中專事吟詠，棄舊編新，兼習古賦、律賦。

十八歲　癸未

晉寧李公以閣學復來視學，考古學，取第八名，歲試優等，與同郡諸詩人爲文酒會。

十九歲　甲申

學使以明春南巡，先期檄調奏賦者集試江陰。予往應試，邀賞録。及春，以寒疾，不赴試。是秋，適吴氏長女生。

二十歲　乙酉

科試一等六名，學使少宰會稽梁公國治。秋，應省試。

二十一歲　丙戌

歲試一等五名，學使祭酒新建曹公秀先。月課詩、古皆第一。

二十二歲　丁亥

科試一等五名，詩、古、經解皆第一，補增廣生。柴谿公十月初捐館。

二十三歲　戊子

館奉賢南橋陳氏。補廩膳生。秋，赴省試。

二十四歲　己丑

館陳氏。歲試一等三名，學使閣學長白景公福。月課詩、古、經解皆第一。時試武童，予在場，應保景公見而問姓名，激賞者再。秋，加捐國子監貢生。

二十五歲　庚寅

入都應京兆試。榜後應國子監：考到少司成錢塘朱公棻元取一等一名；考驗大學士兼管監事漳浦蔡文恭公取一等三名。補肄業生。

二十六歲　辛卯

館於長山袁刑曹守誠邸課讀。吴太宜人於六月捐館。七月聞訃，時芝園公會試，留京隨侍，奔馳回籍。

二十七歲　壬辰

仍館南橋陳氏。芝園公納庶母楊氏，生兩弟一妹。

二十八歲　癸巳

爲芝園公造生壙，葬吴太宜人及前母張太宜人。冬，服闋。

二十九歲　甲午

館陳氏。秋，應省試。適徐氏庶妹生。

三十歲　乙未

館陳氏。秋，子曾苞生。

三十一歲　丙申

館陳氏。生徒五人，先後以一、二、三、四、五名入學。庶弟祖莱生。

三十二歲　丁酉

應省試，中式四十六名，座師即諸城劉文清公、刑曹錢塘顧公震，房師陽湖縣知縣福山蕭公勷。先是，四月，弟祖藻、祖蕚中拔萃科，祖蕃食餼，祖權入學，人稱爲盛事云。

三十三歲　戊戌

入都應會試。房考户科給事中井研雷公輪力薦，以額滿見遺。時舊東長山袁公遷内閣侍讀學士，仍延至邸寓課讀。

三十四歲　己亥

袁公由少銀臺放山西臬使，邀予同往。五月，抵署，患傷寒幾殆，病中促袁公速延他師，以免荒業。八月，病始痊，袁公薦主平定州嘉山書院掌教。

三十五歲　庚子

由平定州入都應會試，榜後回書院。

三十六歲　辛丑

由平定州入都應會試，榜後應考景山官學教習。閱卷者：少宰嘉善謝公墉，少司農歙縣曹公文埴，閣學長白嵩公貴，大廷尉大興李公綬。予詩爲四公激賞進呈，欽取第一名，即充補到學，兼館謝公邸課讀，並任筆札。謝邸距官學不遠，巳入申出，三年如一日。庶弟祖芑生。

三十七歲　壬寅

在官學。

三十八歲　癸卯

在官學。時聖駕詣盛京謁陵，明年春巡幸江浙，自大學士、九卿及翰、詹諸公例進頌、賦、詩等册，倩予擬撰者頗衆，所得潤筆寄家供菽水，并佽衣裘、車馬之需焉。

三十九歲　甲辰

在官學。應會試。四月，教習報滿，内務府帶領引見於圓明園勤政殿，奉旨以知縣用。七月，由水程南歸。十月初，抵里。是月①，芝園公陡患三瘧，日益沈重，醫藥罔效，十一月初捐館。遵遺命即於歲内安葬。

四十歲　乙巳

里居。時謝少宰視學江蘇，貽書見招。七月，抵署，引嫌不與校閱，在江陰署中課讀。十二月，回里。

四十一歲　丙午

里居。曾苞聘南橋陳舍人女。長女許字常熟吴氏。

四十二歲　丁未

服闋。領咨入都，投供候選。

---

① 月，原訛「日」。

四十三歲　戊申

四月，銓授山西汾州府寧鄉縣知縣。五月，圓明園賢良門引見，奉旨依議用。七月，到任，接家書知吴氏婿入贅。冬，内子挈婿、子、女來署。

四十四歲　己酉

在寧鄉縣任。秋，充鄉試同考官，得任兆舟等八人，副榜一人。

四十五歲　庚戌

在寧鄉縣任。恭遇萬壽覃恩加一級考，芝園公贈文林郎，妣張氏、吴氏皆贈孺人，本身及妻室皆受封。秋，遣曾苞回南就婚。冬，吴氏女殁於署。

四十六歲　辛亥

春，調署平定州樂平縣事。夏，調繁解州安邑縣。八月，到任。

四十七歲　壬子

在安邑縣任。時駕幸五臺山，地方大小官吏多半派往差次。因鹽池在縣境，鹽課新歸地丁，開三禁門，聽民銷運，池中寇盜充斥，上游留予彈壓。晝夜巡查，盡法懲治，數日遂寧靖。得曾苞信，知長孫樹培生。秋，兼署夏縣。

四十八歲　癸丑

在安邑縣任。五月，曾苞挈媳、孫來署。秋，次孫汝鈞生。冬，大計卓異，時四川廓爾喀軍務告竣，予辦臺站兩次，軍功議叙加二級。

四十九歲　甲寅

在安邑縣任。夏，亢旱，二麥全荒，予設壇，步禱茹素，宿壇四十日，甘霖大沛，禾黍倍收。七月，領咨入都。八月，圓明園勤政殿引見，奉旨加一級，回任候陞。九月，抵縣任。

五十歲　乙卯

在安邑縣任。春，大孫女生，陳氏媳因産而殂。冬，續聘平陽王司馬孫女。

五十一歲　丙辰

元旦，太上皇帝、嗣皇帝授受禮成，覃恩加一級。是月，曾苞入贅平陽，即回至縣署。六月，銓授順天府糧馬通判。八月，卸縣事。冬，長孫樹培殤。

五十二歲　丁巳

二月，領咨挈眷入都。四月，圓明園勤政殿引見，奏履歷，蒙褒奬，特旨調補雲南澂江府路南州知州。七月，出都，水程由山東、江蘇、浙江、江西、湖南。小除日，抵貴州鎮遠府度歲。眷口留京。第三孫鏡源生。

五十三歲　戊午

正月，抵貴陽，謁制府鄂公輝，留辦苗疆軍需報銷。六月，鄂公殁。先是，天柱縣民人叩閽，上交鄂公查辦，公奏委滇員訊供，予與焉。至是，黔中撫藩留予，候新制府莅任完案，然後赴滇。九月，制府富公綱抵黔，隨同訊明具奏，即隨同入滇，並命入幕襄務。曾苞援例入國子監，應試北闈。

五十四歲　己未

四月，署開化府事。六月，調補黑鹽井提舉，仍署府事。内兄吴白華罷官，挈眷回籍。予眷偕回，七月抵松江。時南四竈老屋日就傾圮，同胞子姓人滿，無可栖身，權住内兄吴稷堂郡西門外錢涇橋宅。是歲春。高宗純皇帝祔廟禮成。覃恩加一級，貤封祖考妣，晉封考妣奉直大夫、宜人。

五十五歲　庚申

安南土目搆衅，咸叩關籲救。節相公麟移文國王，王遣禮部侍郎前來宣諭。予偕扎總戎郎阿前往，抵馬白關。侍郎及各土目咸來迎謁，賞賚有差，邊境寧謐。四月，卸府事，旋攝曲靖府平彝縣事。秋，充鄉試同考官，得莫蔚起等七人、副榜一人。次孫女生。

五十六歲　辛酉

春，卸縣委，赴四川瀘州銅局監兑京銅。三孫鏡源殤。

五十七歲　壬戌

在瀘州銅局。三孫女生。

五十八歲　癸亥

委運壬戌加運二起京銅。五月初一日巳刻自瀘開行，未刻過合江縣礶子窑險灘，灘石碰舟，寸板盡裂，予墮水，爲救生船拯濟，水脚銀及衣服書籍什物全行漂没。坐𨍭子船抵縣城，亟僱夫打撈三日，獲水脚銀餘半，獲俱縻爛。换他船，抵重慶。旋接滇信，知平彝任内交代逾延被劾，奉旨革職。滇中並無飭知改委。時川江盛漲，官吏封江，遲至八月開行。中過夔州灧澦灘、宜昌大峰殊灘，又沉兩舟。臘月，抵漢口度歲。

五十九歲　甲子

二月，漢口换號船前進。五月抵江寧，遣僕赴蘇州領勘合，便道回家，知曾苞於去年七月病殁，内兄稷堂罷官將回籍，予眷口另賃小屋在郡西郊蓮池浜。七月，自江寧换馬膊子船前進。十月，抵天津，僱剥船，抵通州。臘月，抵京。

六十歲　乙丑

二月，在户、工二部交銅，掣批循例回滇報銷。是役也，滇中因原派之加運二起某被參期限孔迫，委予就近自瀘代運，文檄内寫明倒填開幫月日以符例限，至交代逾延，同被劾者共三十餘人。上以罰不及衆，飭令撫藩查明各員逾延年月，分别具奏。奏上，蒙恩，一二年以内者俱從寬留任。予僅逾半年，司房索費不遂，改填二年以上，致去官。因於領批後將兩層原委在户部具呈轉奏，奉旨發回滇省，交總督查訊。隨於二月初出京，六月初抵滇，經制府伯公麟訊明所控俱實，應予開復。自惟作吏幾二十載，艱險備嘗，且年力漸衰，不耐煙瘴，恐滋貽誤，再四懇辭。而無官之人，僮僕星散，銅舫九十餘萬、船十九號，長途萬里耳目難周，被船户、水手等偷竊虧至八萬餘舫，計例價一萬五千餘兩，例應留滇勒限賠補。蒙伯制府訂於明春入幕教讀，兼司筆札，得一枝之棲焉。

六十一歲　丙寅

在制幕。伯公間好吟詠，公暇倡酬甚爲相得。

六十二歲　丁卯

在制幕，銅欵限滿，照例咨查原籍家產。

六十三歲　戊辰

江蘇咨覆到滇，家產報盡，照例著落簽派各上司分賠，並給咨回籍。十月，起身由貴州、湖南至江西臨江府度歲。

六十四歲　己巳

正月，抵杭州。先赴蘇州投咨文，見汪中丞日章，薦掌奉賢縣肇文、文遊兩書院。

六十五歲　庚午

在奉賢書院。冬，李觀察長森另人主講，當事不得已，兩人分掌，予掌肇文。孫汝鈞締婚朱氏。

六十六歲　辛未

嘉善謝舍人恭銘延予課讀，每月逢書院課期仍往焉。

六十七歲　壬申

辭謝氏館，仍掌書院。

六十八歲　癸酉

郡守宋公如林聘脩郡志。長夏删訂編年詩稿：自十七歲至五十三歲共三十七年，得□卷；五十四歲至五十八歲，沈於川江，隻字不留；五十九歲，罷官喪子，擬從兹閣筆；六十歲，自京回滇，長途覽景，故態復萌，至六十七歲共八年，得續稿□卷。

六十九歲　甲戌

爲汝鈞娶婦。

七十歲　乙亥

南匯邑令沈公暎楓延請董浚閘港，以利農桑。

先大父精神素健，是歲七月初旬偶得暑疾，氣逆體重，醫藥罔效，然尚談笑如平時。十七日辰候，痰忽上湧，延至巳刻，遽瞑目以逝。汝鈞罪重孽深，百身莫贖。越七載，先大母吴太宜人又以疾卒。汝鈞將以道光二年　月　日合窆於婁邑往字圩之原。至先大父遺集卷帙較多，力綿未克付梓，因刊自訂年譜一卷，他日將以弁諸全集之首。惟是居官治績，是編概不記載，先父又已早世，汝鈞無從參考聞見，以補闕漏，寸心益自悲悚云。道光二年　月，孫汝鈞抆淚謹識。

先大父館於伯玉亭制府節署，龔蓮舫師執贄問業。其後授職京華，先大父寄詩志喜，今集中所存是也①。丁酉歲，蓮舫師莅湖南方伯任，汝鈞負笈從遊，詢及遺集，時謹弆②行篋中，師索觀嘆美，憫汝鈞無力，爰出清俸助之，命擇先大父素所自愛者分訂前後八卷，先付剞劂氏，餘俟續刊。汝鈞歸里後，次第開雕，今始告竣，因敬述其緣起，并誌歲月焉。

① 指續鈔卷二聞龔生綬館選志喜。
② 弆，原訛「弃」。

卷一

曉發泗涇望横雲

江亭曙鳥鳴，殘月逗前渡。榜人夜半起，推篷驚宿鷺。隔岸漁舟來，棹聲暗中度。須臾初陽升，靄靄明江路。遠樹分烟墟，濃霏散沙步。回首横雲峰，秀色近堪數。紺宇鐘梵清，碧岑雲木吐。披衣吟未闌，汀花墮餘露。

宋徽宗畫鷹歌

霜風颯颯萬靈戰，玉爪金眸開素練。畫來不數參軍廳，呼下猶從緝熙殿。自來寶繪盛宣和，花石頭綱擁汴都。錦贉繡褫羅萬軸，幾餘恣意尋歡娱。河朔鷹揚誰告捷，雨血風毛枉奔突。側目將傾鳥雀巢，騰身直指狐豺窟。駞牟岡上西風鳴，瑶光夜半寒芒生。縱筆如鷹妙兼肖，腕底耿耿纏星精。那知薄技關成敗，國勢將傾毛羽鎩。秘殿空誇藝事長，内臣誰凜禽荒戒。休將翎雀撥鵾絃，五國城頭月又圓。攢宫劍舄今何在，夜夜冬青哭杜鵑。

江上晚行

隔浦逗華月，遥村夕照間。霞邊飛白鷺，松際出青山。江静晚潮落，林昏獨鳥還。濠梁逸興永，揮手謝塵寰。

秋日雜詩

好鳥知投林，微尚欣有託。虚堂思悄然，西風日蕭索。樹杪寒烟重，階前殘葉落。永懷松陵居，聊踐蓮社諾。俟將賦近遊，名山試芒屩。

題抱琴圖

夫君抱琴來，清音動巖户。一彈松濤生，再彈松花吐。寥寥海山心，虚堂誰與語。

錢武肅王射潮圖

滄波南來撼層郭，斛土千錢謡競作。鯨鯢跋扈鼋鼍驕，半壁江山燕巢幕。漊留井邊挺異人，錦袍玉帶誇行春。殄宏誅昌馴顧杜，氣壓紫渤凌蒼垠。前水後水何泱①漭，霜領銀城矗千丈。惟王奮臂遏其衝，一矢加遺平如掌。是時中原寇氛惡，紇干山頭凍飛雀。妖星偏臨芒碭高，清議群投汴流濁。嗟王何不建義旗，彈丸豈是英雄資。長鈹不到僞梁境，誰能盪決分雄雌。江東羅生擅奇策，有謀不用真可惜。一劍霜寒十四州，入貢來朝事唐賊。春風陌上落花飛，强弩摧殘鏤券移。莫倚鐵幢尋斷鏃，滄桑付與弄潮兒。

① 泱，原訛「決」。

訪陸魯望故里

門巷愔愔野鴨呼，天隨遺跡問平蕪。斜風甫里飄黄葉，疎雨松陵長緑蒲。千古高情留杞菊，半生微尚託江湖。筆牀漁具如堪仿，也釣①吴淞四十鱸。

曉發青浦

帆影挂殘月，蕭然歸獨舟。霜華烏柏②樹，人語白蘋洲。烟豁村初辨，江寒潮不流。故園叢菊晚，耿耿若爲愁。

① 釣，原訛「鈎」。
② 柏，原訛「柏」。

冬日短歌

朔風怒號窓紙裂，敝裘三尺冷於鐵。牀無襆被竈無烟，十日袁門人跡滅。南村美酒斗十千，興來且取囊中錢。囊空酒盡坐怊悵，烟昏日暮心茫然。

東山會獵侵曉去，西山罷獵高春還。失禽非悲得非喜，少年意氣凌飛翰。我生局促困章句，身名恐被儒冠誤。手無斧柯將奈何，目①送荒原走狐兔。

陰風慘慘日色暮，黄榆白草蕭關路。一聲鐵笛響邊城，十萬征人淚交注。男兒當執丈二矛，横行萬里期封侯。逝將仗劍出門去，安能吮筆爲詩囚。

江鄉幾載雨暘若，萬户千村樂復樂。今年雨暘偶失時，中澤嗷鴻悵安託。撿田吏人貪如狼，催租吏人狠如羊。田廬鬻盡歲雲暮，又賣兒孫輸酒漿。

① 目，原訛「日」。

沈氏園雜題

溪橋

溪風吹清冷，溪流澹容與。獨立小橋邊，隔溪夜來雨。

蟹舍

平生好持螯，築舍臨前浦。爲哂蔡司徒，爰從畢吏部。

獨釣篷

晚投釣篷宿，曉就釣篷起。策策復堂堂，臨流獨徙倚。

凌波漾

花光映明瀾，幽香頗清絶。夜半埋孤琴，盈盈步微月。

雨夜有寄

微雨川上來，高齋耿幽獨。掩關人悄然，坐聽風吟竹。露蛬咽還鳴，暗泉斷更續。不見素心人，下簾滅華燭。

徐昭法畫馬歌

隱君畫馬如畫龍，昂藏瘦骨騰虛空。屹然矯首一長嘯，精氣兩兩開雙瞳。馬毛如雲股如鐵，霧鬣烟鬃曳明滅。榑桑躡日赤汗流，朔野嘶風碧蹄裂。青絲短鞚珊瑚鞭，銀鞍金絡紛鉤連。危峰不動逸態出，房星耿耿精芒纏。凉秋九月飛狐口，寒聲聒耳傳刁斗。黄雲落日白草枯，安得筞爾平沙走。五花連錢浮彩雲，九方一顧應空群。迺知妙技貴獨得，畫肉畫骨徒紛紜。南州藝事空千古，醉墨淋漓勢飛舞。想當禿筆埽驊騮，白晝空堂撒風雨。老驥生涯亦可憐，風流文采付荒烟。支硎山下誅茅處，淡月空林拜杜鵑。

曉行

荒荒星月寒，莽莽魚龍起。旅興感蕭晨，征途未云已。洩雲半離山，殘霧欲墮水。何處榜人歌，蒼茫出烟沚。

宿某氏溪堂

江光映寒林，曙色蒼蒼起。十里亂蛙聲，殘星墮秋水。

寒夜對月

朔風振遥吹，瑟瑟凋崇蘭。高齋感逝景，攬衣起盤桓。孤禽響嘹唳，晚菊開叢殘。眷兹觸中情，聊咏明月寒。

月出照閒園，園中有芳樹。天表初升輝，雲端已流素。淰淰林際烟，泫泫苔間露。永懷謝希逸，慨然起遐慕。

遐慕夫何如，虛堂緬圓景。穆穆金波流，沈沈玉繩耿。含暉魄易盈，展嘯神逾迥。孤坐一沈吟，林外鐘聲永。

鐘聲來何遠，皓景紛相加。開軒載延眺，萬象澄清華。殘雪半垂樹，疎梅乍試花。回瞻孤雁影，遥向寥天斜。

春燕篇

金屋濃烟繞，璚樓芳靄沈。乍見花間飛翠羽，旋看柳外掠紅襟。紅襟翠羽來香陌，風景年年傍寒食。辛苦銜泥願未成，殷勤調舌情何極。竭來繫縷向朱門，天涯幾度怨王孫。漢宫仿佛籠花影，吴苑依稀帶爪痕。漢宫吴苑分明見，珠箔銀屏舞欲倦。雪羽低垂翡翠樓，烏衣斜拂鴛鴦殿。樓殿重重樂未央，含情含態入昭陽。當窓人織璇璣錦，隔牖聲傳玳瑁梁。窓間宛轉聞交語，梁上低徊送輕舉。玉砌輕翻楝子風，珠簾淡灑梨花雨。雨雨風風怯薄寒，畫眉聲裏倚闌干。日暖青郊期射雉，烟深緑樹惱啼鶰。可憐繡羽棲蘭殿，可憐銀剪穿羅幔。衛氏簾前魂暗銷，盧家堂上腸堪斷。别有深閨奏玉笙，銀牀冰簟夢難成。蘼蕪山下懷歸雁，楊柳樓前怨曉鶯。曉鶯歸雁傷春色，愁向蘭房理輕翮。湘水烟波信轉稀，梁園詞賦工何益。梁園湘水共徜徉，惆悵春來憶故鄉。舊壘半存朱雀桁，新巢重訪碧雞坊。一雙艷質飛繚繞，一片華音響窈窕。碧榭應呼並命禽，青林甘作相思鳥。此時春燕滿江南，此際江南風景酣。繡幕香消烟細細，雕梁夢醒話喃喃。繡幕雕梁幾來去，天涯愁見芳菲暮。花後花前興未闌，社南社北人何處。落絮沾泥春恨長，雙栖早晚下君堂。傷心王謝門前路，獨向東風怨夕陽。

晚次鹿城用謝宣城晚登三山還望京邑韻

惻惻去舊鄉，栖栖走異縣。虛舟泝寒塘，烟水分明見。天表罨青螺，雲端明素練。漁燈漾晴沙，村春鳴古甸。趣途重延緣，羇心尠歡宴。已是凛風濤，兼之怯霜霰。回首眷江城，蒼蒼暮霞變。

青暘道中

旗艇芙蓉江，江光皓將晚。空濛溪散烟，參差人住阪。潮迴葑田低，雪覆筀林短。山靄映森沈，湖流漾清淺。村深稻蟹肥，市静塵氛遠。烟波緬悠悠，水雲流宛宛。岸迴日易沈，溪迴帆屢轉。羇心以鬱陶，客路聊怡衍。孤坐向澄暉，風清棹歌緩。

暨陽客舍即目

君山罨空青，澄江湛晴碧。愔愔别館幽，渺渺高城寂。雲雁度蕭晨，海鶴警遥夕。沿緣遊子蹤，逍遥寓公宅。殘雪映庭陰，寒梅透林隙。霜鐘時清泠，風竹稍淅瀝。爐氣靄簾櫳，茶香散几席。沈沈風雨寒，漠漠音塵隔。誼心諧太玄，微尚耿虚白。孤坐一沈吟，悄然越鄉客。

夏日閒居

白沙翠竹近滄浪，小憩桃笙午漏長。桐徑雲深蟬鬢滑，藕塘風細鷺肩香。病餘祇合拏拖步，地僻希逢襏襫裝。茶竈筆牀家具好，呼僮隨意上輕航。

日斜簾閣緑陰圓，野馬流光似小年。雲泛青花磨古硯，濤翻碧乳瀹新泉。亭邊楊柳迎風彈，江上芙蓉抱月眠。涼雨乍消人乍醒，一枝漁笛破溪烟。

曉抵白門

朱雀航南道，吟鞭曙色濃。斷雲鴉背月，殘霧馬頭峰。野戍催寒角，江天落曉鐘。秋懷兼客夢，千里倦遊蹤。

秦淮水榭小集

我昨渡江跨白龍，江皐落日秋雲重。俄焉雲開吐新月，碧天倒瀉琉璃鐘。月波粼粼映星漢，銅斗歌殘夜將半。逸興頻將玉麈揮，濁醪且把金龜換。瑇瑁之琴葡萄漿，半酣促席呼傳觴。拍肩撩袖逞豪快，男兒意氣多慨慷。君不見謝安石，治亭溪山誌遊屐，風流絲竹枉紛紜，轉眼西州淚沾臆。又不見李青蓮，烏紗紫綺稱謫仙，孫楚樓頭效鯨吸，千秋詞賦空雲烟。燭花惺忪簷花落，緑醑金尊展華酌。昔賢觴詠都成塵，天涯握手姑行樂。石頭城頭響斷鴻，桃葉渡口飛霜楓。烟江遲日理歸榜，秋風遍采青芙蓉。

旅夜

獨客三秋感，長江千里遊。急砧催短夢，落木警離愁。蕭瑟堤邊樹，高寒水上樓。冶城今夕酒，悽絶此淹留。

遊清涼山

火□罨晨熹，籃輿傍層郭。脩林夾坦途，數步初犖确。石路杳難窮，挂枝循孤彴。秋山斂衆氛，舉目睇澄廓。篠簜午風寒，老樹枯鴨腳。莎徑淡微陽，槲林飛碎蘀。回登翠微亭，遺址感寂寞。苔澗翔文鱗，松窓巢雲鶴。當年避暑處，池館已成昨。隔澗聞樵謳，行行理芒屩。矯首晚烟暝，殘鐘度秋壑。言尋通隱園，亭館炫金碧。抛却西湖春，言躡東山屐。軒車幾輩來，笙歌沸昕夕。布衣動公卿，勝事著簡策。訝君少壯年，捷徑趨先得。强附金門星，衹玷玉堂籍。貞白聽松樓，凡夫馳烟驛。我鄉陳徵君，一視同今昔。三復德璋文，盍向山阿刻。

遊靈谷寺

江城生曉寒，微霜染林麓。疲驢訪遥坰，隔嶺上晴旭。逶迤遵長坂，蒼翠豁心目。琤琮瀉風泉，空明秀雲木。石徑引柳條，行行抵山腹。楓柏絢微丹，篠簜萎殘緑。精廬古定林，高下傍巖築。亭午不逢僧，鐘魚出深竹。槁梧唤飢蟬，弱蘚眠野鹿。開堂企宗風，捨宅緬遺躅。初地偶經尋，荒涼付樵牧。畢景催歸禽，微吟下巖谷。

登報恩塔懷古

紺塔凌層霄，金碧耀江甸。渺如梯仙闕，險若蟠曲棧。石户豁匡扆，珠宮麗葱蒨。下上歷九檐，檐檐心魄眩。慨惟靖難師，逆謀妖僧建。旌幢一南揮，流毒被畿縣。勢比沖人孤，禍緣智囊煽。廟廊非中興，戈矛啓内變。閫外委纖兒，喪師動千萬。謀疎謝傅棋，事去顧榮扇。濟險須雄才，長平昧殷鑑。幽燕實强藩，威福敢久擅。駸駸萬馬騰，堂堂九門戰。象同破斧凶，勢豈委裘晏。中天墮陽精，刼灰飛烈焰。水竇竄枯鱗，疑案淆史傳。義旗摧盛平，忠肝戕鐵練。誅屠肆中朝，摘瓜詎留蔓。峩峩木末亭，英風生顧盼。回瞻金川門，頹垣秋草遍。蚤晚朝群烏，高低逐飛燕。運去陵谷沈，時來風雲勸。弔古一凭闌，商歌下寒雁。惟有長明燈，滄桑幾回見。

卞忠貞墓

鵂鶹唤雨鵑啼月，拳勢高擎爪痕裂。秋風大桁弔旌旗，碧血糢糊照殘碣。中朝作達爾何人，鄙吝那顧時流嗔。骨鯁心輕茂宏麈①，峰距氣壓玄規塵。歷陽荒傖封豕食，廷尉山頭造蝨賊。舳艫百道蔽江來，新亭雪涕嗟何益。九門一炬烽烟愁，宫寢骸骨成山邱。上殿峥嶸仗褚陸，授經倉卒哀鍾劉。是時尚書受方略，躍馬抽戈氣騰踔。灰飛百里化蟲沙，星墮重圍潰風鶴。背瘡未合刀瘢并，二難相繼拚捐生。忠孝精誠感巾幗，撫尸一慟頹高城。義旗忽奮雷池步，欃槍一戰鯨鯢仆。問誰犯難殉妖氛，大樹英靈獨來去。青燐無光赤幟昏，落日灌莽纏寒原。松楸泪洒愍孫啓，尸祝魂依通隱園。丈夫報國丁衰季，取節登朝哂非計。隴上長悲黄犢歌，營前肯作青驢避。君不見痛深愛子猶遲留，古今人鄙陶荆州；又不見乞米登舟泪如雨，長城獨數温忠武。

① 麈，字疑有誤。

真州遇風寄諸弟

戚戚違枌梓，悢悢辭親串。馳暉情少悰，瞻途意多眷。游泳海畔鷗，嘹唳雲端雁。風濤日夕深，登艫軫三歎。

曰余困祗役，微尚睽邱樊。結軌陶嘉月，漾舟擇良辰。南浦折哀柳，北渚搴芳蓀。含悽遠行邁，惻惻摧羈魂。

弱弟送我行，坰林感仳別。停觴計關河，搴裾念雨雪。漠漠寒塘流，析析哀林月。汀迴景尚延，棲隱興未歇。

風急濤響厲，霧深日影冥。曉辭青溪渡，暝宿白沙亭。涉川羈心迫，兼山客蹤停。佇楫中流望，宵分未云寧。

居人情流連，客子境寂寞。程阻遇風期，心馳聽雨約。棲川作潛鱗，凌霄緬矯鶴。何當返舊溪，拂衣踐嘉諾。

潤州

江館西風起，長吟駐客顔。暗潮劉帝井，明月戴公山。城郭秋陰裏，雲林夕照閒。宜傾百花酒，免使夢鄉關。

吴門過張王府基

芸黄菜葉舞西風，夜火狐鳴霸業空。百里湖山秋草外，三興宫闕暮雲中。雄心枉自希劉表，臣節終當愧竇融。記取陳書移曲突，江關只有抱遺翁。

題吾谷霜楓圖送人歸海虞

燭龍怒捲霞城裂，紫燄斕斒火雲熱。斜陽一抹野燒空，玉嶂銀屏撒紅雪。江南秋老雁叫霜，長林白晝寒無光。素娥似嫌景太皜，曈曨彩暈開榑桑。谷林西頭最佳處，十丈珊瑚擁奇樹。山郭宜停杜牧車，花源屢唤漁郎渡。岡迴嶺複錦繡重，山霧漭泱湖烟濃。古墅尚疑紅豆熟，石樓錯認絳雲籠。山人舊往山之麓，粉本雲嵐看不足。三竿秋水六幅蒲，直向深林叩茅屋。我亦滄江理釣槎，討秋攬勝願還賒。尚湖烟雨期同載，賞遍君家十月花。

九日得都下故人書却寄

亭皋木脱渺愁予，迢遞燕雲接素書。九月關河人去後，重陽風雨雁來初。祇憑緑酒陶佳節，每對黄花感瑟居。聞道西山餘爽氣，金臺吟眺興何如。

挈壺陳公殉節詩

蔣陵宫闕犯旄頭，江左黄星一夕收。豈有功名齊馬阮，斷無心事愧姜劉。臺端風緊催殘角，殿上霜嚴罷曉籌。枉草封章攄痛哭，後庭玉樹儘風流。

騎箕仙馭逝飄飄，颯颯靈風赴大招。嶺畔梅花迷夜月，渡頭桃葉打春潮。懸軍使相心如印，視葬家僮節更劭。想像英魂馨廟食，易名茂典冠金貂。

題九峰草堂圖用東坡送陳睦韻

春山驟雨鳴脩棟，滮滮飛流吼銀甕。曉來長嘯捲重簾，天馬峥嶸聳韉鞚。就中頗憶讀書臺，河橋鶴唳猶餘痛。細林嵐影亦嬋娟，中涵甘白滋靈汞。玉屏北轃①接横雲，碧樹丹崖秀孤鳳。隔溪便指東西佘，驚雷應醒鐏②龍夢。支笻忘却腰脚頹，拄頰何愁塵土重。猿鶴前盟蕙帳披，琴尊雅尚籃輿送。晴霞喜見洞壑開，遠霧還疑髻鬟動。更期泖雪三泖濱，鐵笛梅花試三弄。

秋夕不寐懷潛夫亞夫兩弟在郡

商聲鳴北渚，夜氣静南樓。幾點豆花雨，三更梧葉秋。銀河驚鵲度，金井暗螢流。想見單衣客，臨風咏四愁。

① 轃，原作「轃」。
② 鐏，原作「簭」。

將之白下示家人

團團牛磨是生涯，上計光陰感歲華。人似寒蟬宜戢羽，身如海燕慣辭家。尊前旅夢飛秋月，江上吟鞭落曉霞。別後應須勤藥裹，愁來薄病二分加。

自鎮江陸行至橋頭汛夾道皆土山作詩嘲之

山行苦炎蒸，所藉巖壑巧。奈何半日程，邐迤土岡繞。不特亭榭空，兼之澗岫少。麄醜畫工嗔，獰劣僕夫惱。蓬鬆惡木中，焦烟艴如燎。爾雅釋山名，刻畫無巨小。石帶土固佳，土帶石亦姣。江南山水區，吟策恣幽討。何爲衢路間，鑄質極枯槁。回思翕闢初，我欲罪蒼昊。揮汗一沈吟，午雞喚邨堡。

自橋頭汛抵龍潭山頗奇峭賦以解嘲

山市日易斜，飯餘戒徒旅。連山送復迎，秀色埽眉嫵。蜿蜒潛虬躍，狰獰瘦蛟舞。或如列銀屏，或如湧石鼓。或巨如洪鐘，或圓如覆釜。斑入媧皇爐，峭經巨靈斧。倘逢黄大癡，皴法必須補。俄焉夕霏繁，紫碧浄可數。隔堤湛江光，雲嵐互吞吐。始知大塊中，有棄必有取。譬彼噉蔗竿，佳境非漫與。

旅宿口占

瘦驢特特跑竹棚，飢鼠撲撲翻燈檠。荒雞亂檬不成寐，卧聽紙窓山雨聲。

輿丁謡

五里一飲水，十里一吃粥。甘瓜連車論值昂，相顧無錢不得鬻。枯喉如缺面如鵠，兩脚無毛項無肉。自言生年廿五六，無田那得事耕牧。故鄉米價珍於玉，衮衮長途作賤役。昨聞上計催簿録，如草青袍競裝束。書生畏江多就陸，騎不停鞭車敝轂。竹輿安問更所欲，長日嘔啞繞山麓。山深途遠暑更酷，赤日隆隆火雲毒。三步四步欲顛踣，夜分群驢與共宿。明發行裝戴星促，勸君强步蘇躑跼。欲言又恐遭鞭扑，傭錢百蚨或不足。飢來何以果我腹，嗚嗚欲作吞聲哭。咄嗟告汝且勿哭，我亦風塵枉馳逐。

曉渡

入秋旅況勞勞甚，欹枕篷窓睡始酣。柔櫓數聲清似雁，漫摇殘夢到江南。

登潤州城望江上諸山

來時夏山雄，歸時秋山秀。雄如猛士森戈鋋，秀似明姝現綺繡。朝來拄策鐵甕城，纖雲盡捲天光平。山靈有請不我拒，爽氣撲入鬢眉清。大山蜿蜒屏障列，小山窈窕螺痕結。天公似嫌秋太槁，遠近林巒撒紅雪。嵐光乍合江沸濤，決眥百里分秋毫。岡迴嶺複飛鳥盡，兩拳縹緲明金焦。太行霽色坡公喜，峽口豪吟渭南子。誰知烏帽犯風埃，眼底江山有如此。我昔看畫如看山，遠浉倪范兼荆關。零綃斷墨辨神勢，勝歷水陸躋孱顔。只今看山如看畫，鼠尾丁頭識宗派。就中一點逗空青，恍挹蓬壺住仙界。塵海茫茫汎一漚，天涯風雨又殘秋。何當結屋荒山頂，卧聽江聲萬古流。

千尺雪歌

寒山瀑布亞台蕩，丹崖翠壁侵天開。火雲燒林日沸谷，轟然石骨喧晴雷。細如孤寺梵語滑，巨如萬斛松濤哀。緩如冰絃辨三昧，疾如鐵騎啣千枚。我來探幽苦徑劣，漫曳榔栗誅莓苔。山石細疊紫瑪瑙，山花亂點紅玫瑰。蹊迴嶺複響更閟，碧霄忽湧雲濤堆。林光黯黮蘚縫剥，地胏合沓天輪摧。金波夜翻癡蟇窟，珠芒晝坼老蚌胎。馮夷擊鼓鐵弩奮，鮫綃捲雪銀刀裁。得非群真作高會，鈞天仙樂鳴蓬萊。又非琅璈餞王母，雲罕雜遝星軺回。銀河倒挂石甕裂，飲月時有飢蛟來。山魈潛形怖①鵂避，野鶴欲墮愁毰毸。曷不輿作酒十斛，白波香溢葡萄醅。不然烹

① 怖，原訛「佈」。

作茗七碗，碧乳光澈琉璃杯。摩抄重闌憇怪石，峰頂夕照昏鐘摧。他年塵海困筝笛，飛夢常繞青崔嵬。

法螺菴歌

我聞螺舟汎蓬島，鮫宫貝闕波濤涵。又聞螺臺築梁苑，綺寮碧檻雲烟緘。佛髻可以一笑拈，鸚杯可以十日酣。如何深山中，有此金碧璀璨之圓菴。如盤如笠太曲折，如錢如筥多穹嵌。螘旋牛磨到絶頂，周遭石塢圍松龕。寶雲慈雲互糺縵，衣樹鬘樹交參覃。玉毫秋明青葱窟，珠火夜湛紫翠巖。毒龍蜿蜒降古鉢，怖鴿瑟縮棲枯杉。當年逋客此結隱，一木①一石窮登探。樵風之樓匯𡲢曲，亭館歷歷堆晴嵐。只今古梅賸手植，春風香雪霏毿毿。昔賢埋照依浄域，津梁擾擾真懷慚。異時維摩學慧業，準擬此處來停籃。

① 木，原訛「水」。

登天平山

迢遥鐘梵半巖聞，泱漭湖波萬頃分。背嶺僧房皆歷歷，驚秋木葉已紛紛。周遭石勢渾如笏，下上泉聲盡入雲。七十二峰青在眼，幾時遍訪鹿麋群。

蓮花洞

蓮山擢明秀，秀絶開幽偏。何年巨靈斧，遂此小洞天。洞中石百瓣，瓣瓣排青蓮。嶙峋玉蒂茁，凹凸珠跗駢。其陰洩鐘乳，晴雨常涓涓。有足不敢跨，有杖不敢捐。金符擁其後，火鈴導其前。蛇行百步餘，始見天光穿。雙雙白蝙蝠，倒挂何蹁躚。僧房如蜂窠，罷𣪍攢其巔。六時花雨冪，五夜星雲懸。火輪不能下，昏黑噴黄烟。想當闔闢初，雜遝觴群仙。慎勿賈餘勇，恐觸山魈眠。

龍門

山迴境愈奇，斗絶雙崖削。中斷形呀然，外廓勢穹若。躨跜鱗甲張，狰獰之而攫。石棧縈秋毫，不容兩芒屩。細步兼側身，猶恐墮岝㟧。後趾觸前頂，趾軟體乃却。既愁日車翻，復訝坤軸弱。况逢秋雨晴，絶磴類孤彴。淤泥屐齒沾，怪石藤梢絡。人誇猿臂勇，地比羊腸惡。俄焉賀出險，陂陀憩雙脚。垂堂古有箴，慎勿羨邱壑。

龍門寺古杉歌

龍門古杉殊杉形，鐵榦黝黑銅柯青。出牆瘦影高亭亭，入門下馬風寥泠。炎天六月張翠屏，赤日不動凉雲停。低梢拂瓦葉罥櫺，流脂化珀兼抽苓。之而鱗鬣霧氣冥，時時落子聞龍腥。紀年約略四百齡，老僧指點煩君聽。鐵崖遊跡此屢經，陸錢三友開芳醽。躬移嘉蔭比寸莛，一花一葉留餘馨。成鱗著書幾落蓂，閲人殘刼流疎星。夜來山鬼劈震霆，青鸞白鳳梳霜翎。緑毛仙人降雲軿，碧月縹緲枝松惺。如吹鐵笛唤夢醒，九霄鶴鷲翔娉婷。旁連高軒豁半扃，頗宜密霰寒宵零。荒階折竹聲冬丁，勝燒泗岸尋風鈴。此杉此雪應合并，天籟地籟交瓏玲，我詩或可鐫新銘。

葡萄涇夜行

日落水氣微，理楫傍沙渚。雲昏月黑時，決眥疑有雨。驚尨吠狺狺，隔竹時見火。邨氓防探丸，登登嚴戍鼓。晚潮落已涸，涉水如涉土。榜人慣貪程，用篙不用櫓。颼颼葦荻鳴，歷歷鵁鶄語。何處釣舟迴，清謳理疎罟。始知漁唱樂，不比農歌苦。

卷二[①]

析居雜詩

飛鳥巢高林，反哺常垂慈。一朝羽翼成，各自尋別枝。曰余性蹇拙，門户昧所宜。摶沙一堂上，怙恃靡敢離。親年甫逾艾，親力已漸衰。屯雲食指繁，珠桂焉能揞。東偏搆新宇，不過數武睽。於焉理家具，且把琴書移。牽裾拜且告，欲去頻依依。縱復衡宇密，已覺温情違。寬言慰親心，親泪已暗揮。仲弟居舊廛，已區十笏界。叔子亦同遷，還喜共襟帶。竹牀看雲眠，紙窗聽雨話。較藝復談經，頗叶塤篪籟。非誇何點山，聊仿陸機廨。

屋角梅數株，疎花瘦可愛。脩篁環其陰，娟娟静相對。幬月玉瓏玲，篩風金瑣碎。有時清影

① 卷二，原訛「卷一」。

交，箇箇極妍態。其餘約數弓，雜遝藝畦菜。方春驟雨零，肥莖扶蔓葑。此外環脩池，藉以資灌溉。閒居清福多，此福爲吾輩。

駑駘伏槽櫪，忽思上太行。鷦鷯得一枝，亦復志八荒。我生好遠遊，薄劣不自量。卜居未遑處，倉猝騰嚴裝。非敢期令名，禄養竊所望。揮鞭欲出門，行守俱徬徨。行者疲舟車，居者謀稻粱。不如掩蓬户，戢影江之鄉。時余將入都。

小泊

小泊隨鷗鷺，孤吟意眇染。斜陽呼鴨渡，春水罩魚船。市僻惟沽酒，江喧乍卸綿。始知寒食近，郵樹緑無烟。

連江橋寄家人

鄉關渺渺阻微波，如水愁心近若何。莫把金錢頻問卜，連江橋畔雨聲多。

丹陽

迢遞雲陽道，離家第六程。推篷高岸影，近郭小車聲。差喜吟毫健，時將濁酒傾。沿邨方物好，一笠倚風輕。

平山堂口占

漾漾澄波緑浸篙，絲絲弱柳碧垂條。塵途尚隔三千里，吟屐先尋廿四橋。
山色江光繞畫廊，風流賢守洊歐陽。潁陰不少歸田樂，可有吟魂戀此鄉。

高郵道中

淮海風流地，遺蹤半有無。壞形窪似釜，城勢仰如盂。歲儉魚蝦賤，洲荒雁鶩呼。湖天烟月好，仿佛覯神珠。

漂母祠

寄食浮蹤那足論，千金高誼數王孫。平生不作封侯想，爲恐輕沾一飯恩。

信母墓

高敞營來計太迂，萬家遺跡莽榛蕪。陳嬰歸命王陵相，惱煞生兒殉雉姁。

上閘

五里聞濤聲，震霆撼晴晝。長年誇趫捷，併力與水鬭。巨索曳兩旁，邪許百夫吼。金鉦喧不停，作氣相左右。大艑如長蛇，昂首觸懸溜。斗門窄而長，出入同石竇。篷窓薄于紙，離石僅容豆。倘令一撞擊，魚腹定無救。予生本江湖，奇險實未覯。所幸忠信存，驚魂冀天佑。

下閘

上閘鷁遇風，下閘魚縱壑。船頭鉦鏗鍧，船尾浪瀺灂。誰知快意時，禍機每潛作。千丈投輕梭，失勢只一落。其間溢累黍，敞板同碎蘀。榜人身手輕，相顧轉靡樂。縱復後險夷，其奈前途惡。出坎復入坎，旅魂常錯愕。何如返舊溪，瓜皮隨處泊。

渡河

茫茫濁浪排空起，一瀉驚看一千里。我來捩柁凌長空，只借清風半帆耳。海門曉日十丈紅，一線恍與銀河通。篙師焚香拜且舞，遍籲蛟窟呼龍宫。船頭翦紙投前渡，船尾鳴鉦喚遥戍。隔岸疑飛漠北沙，推篷猶辨淮南樹。擊楫雄心悵奈何，且將濁酒酹滄波。星槎一去無消息，目極倉旻發浩歌。

晚抵夏鎮

漸近齊州境，孤城拓水門。奔濤葭作岸，敗屋柳爲樊。腥偪魚蝦市，喧傳鷗鷺邨。行吟殊未已，愁絶晚烟昏。

南陽道中

魚尾霞光卵色天，竹枝清唱起涼烟。好山一帶青于染，恰映蒼茫萬頃田。
蠏舍漁莊倚晚晴，鷺鷥幾點去分明。儂家舊住吴淞畔，翻遣鄉愁一夕生。

南旺

湯湯汶河水，忽作南北流。迢迢遊子心，時廑南北憂。居南謀稻粱，稻粱豈易謀。行北趨風塵，風塵每多愁。榜人咸色喜，舉櫂揚清謳。有時群小泊，濁酒相勸酬。一水爲兩水，衮衮何時休。一心爲兩心，擾擾夫奚尤。

衛河

狂瀾一望渺千里，南控漳流北潞水，篷窓鎮日攬羈愁。愁絶我行遽至此。漕艘夾岸啣尾排，通宵桿索轟晴雷。萑苻蹤跡更狡獪，縱如虓虎潛如虺。榜師詬嗔不去口，此水一石泥五斗。只宜植黍不宜禾，秦人遺諺君知否。予本五湖伴野鷗，紫菱烏芡白蘋洲。澄波照影清於鏡，不似茫茫濁水流。

天津

海氣抱高城，嚴關曉角鳴。長途愁水逆，獨客喜裝輕。湫壤魚腥遍，澄瀾蜃市明。金臺知不遠，冠蓋漸縱横。

丁字沽前路，臨風蕩客愁。畫橋晴蝀湧，綺榭濕雲流。夕照開圖畫，波光浴鷺鷗。畿南好烟水，長此奉宸遊。

初抵京

揚鞭塵海晝冥冥，閱盡長亭更短亭。只有西山似相識，捲簾一桁送遥青。

得家書

如豆孤燈畔，開緘破寂寥。親知紛涕泪，兩月來，親友下世者數人。禾黍委風潮。夢裏鄉愁切，尊前壯志消。雙親頭盡白，歸計尚迢遥。

重陽前一日同汪笠夫許雲裁登陶然亭

九陌輪蹄十丈埃，欣從曠地得亭臺。江湖舊雨三人集，朔漠清秋一雁來。木葉有聲風槭槭，蘆花無際雪皚皚。明朝又是囊萸節，好把登臨笑口開。

蕭后妝樓曲

芙蓉水殿疑蓬萊，嵌空湧出金銀臺。星光熒熒鏡光閃，照耀綺繡千門開。金粉叢殘景蕭瑟，却從稗史搜遺逸。滄海桑田七百秋，遼軼完顔淤耶律。蒲觴宴罷月入懷，天狗墮地聲如雷。昌黎句。三十六宮喚菩薩，但見金韡玉帕變相浮蓮臺。鴨綠江頭侍行帳，橫槊鳴鞭發高唱。宵擁鴛衾湛露濃，晝探虎穴雄風壯。歸來裓服開明妝，粉箱脂盝排牙牀。眉月彎環髻雲嚲，漲膩流出銅溝香。少海波澄渚虹暈，前星正位符蒼震。璠佩方脩椒閫型，金枝忽搆蕭牆釁。垂堂懿戒擬相如，飛電前頭草諫書。絕漠沙黃開捺鉢，長門苔綠永回車。蒼涼自閉回心院，錦茵繡帳爲誰薦。千金買賦復何人，自理銀箏寫哀怨。跋扈元臣腹劍藏，悔教叛婢入昭陽。祇將翰墨誇三絕，漫詡風情寫十香。天水分明成禍水，刺闥告密飛黃紙。幾見龍漦化掖廷，幾聞蛇門汗牀笫。履霜不戒致堅冰，積羽銷金痛拊膺。匝地罽羅傾紫鳳，隨風謠諑信青蠅。鐵骨親捶剩殘息，宫家故劍拚輕擲。白練寒飛六月霜，紅顔薄証三生石。斷粉零香付刦灰，孤魂擁髻好歸來。試臨滿月千秋鑑，休上凌雲百尺臺。

寒食同人登黑窯廠

春陰壓簷鳩勃谿，潑火雨洒銅街泥。流光匆匆一百五，連朝風信催棠梨。孤館羈栖困塵块，目斷天涯芳草長。冷朋招邀强步偕，言訪金源舊時廠。廠空窯廢迹尚存，一簣永峙城南垠。居人强半業陶瓶，瓴甓瑣碎堆成垣。層坡累級引連騎，廣廈長廊姑小憩。郭隗臺偃薊邱蕪，尺五天邊工位置。凭闌直北眺鳳城，丹甍碧瓦鮮霞明。回頭放眼發長嘯，西山爽挹鬟眉清，老僧述舊不容口，勝地由來會文酒。布衣高坐揖公卿，前輩風流洵非偶。浮生如駛良可哀，紙錢遍野飛成灰。香車幾隊逐流水，班班聲裏斜陽催。小桃霏紅柳絲碧，辜負江南好春色。長憶龐公上冢年，休懷杜牧尋芳蹤。

法源寺看花

祇林深處數枝斜，續斷香風不捲沙。難得水松牌乞句，破除詩戒咏曇花。

遊明行寺

遊處浩無極，言尋祇樹林。雲寒鈴語濕，殿古佛香深。摇落羇人感，登臨騷客心。頻年鴻爪跡，畢竟太駸駸。

題宋忠烈公遺札

名天顯，明季官中書。闖賊逼令草詔，不屈，被害。

血濺彤墀日，孤臣氣激昂。寸丹精貫月，尺素筆飛霜。泉下英魂怒，人間寶墨香。文孫完手澤，什襲等琳瑯。

龍髯攀莫逮，瑣闥遍烽烟。一紙輸陶穀，三生愧褚淵。只憑心似水，安用筆如椽。想見松楸道，西風弔杜鵑。

題水亭銷夏册子

紅霞灼灼罨青羅，碧乳垂垂蔭嫩莎。莫訝科頭頻露坐，鷗波亭畔月明多。
绿雲萬縷障松寮，竹外晴嵐花外潮。仿佛淡妝濃抹景，短篷斜繫段家橋。

題汪曉山燕子磯册子用東坡題郭熙秋山韻

江樓殘暑得稍閒，連朝拄笏看秋山。汪倫好事數過我，襟情流水桃花間。袖中短幅疏且遠，巨石高林映秋晚。江流浩渺澄素波，山色空濛横翠巘。磯邊古木半着霜，寒鴉幾陣啼斜陽。漁簫聲細寺鐘咽，青銅萬頃磨天光。想君岸幘登臨日，吟遍江南青一髮。栖霞晴瀑長干雲，更染霜毫點松石。

阻風燕子磯同人遊永濟寺遂入三台鼇魚玉笥仙源諸洞走筆成二十八韻

翩翾磯燕飛，澎湃江豚舞。高舸啣尾停，鐵鹿排長滸。冷朋三五人，倦旅勇能賈。相於掉臂行，踐石同踐土。好山解迎人，一笑秀眉嫵。精藍湧其前，金碧敞檐廡。杪欏陰漸疎，敗葉響疑雨。古佛袒半肩，香烟騰一縷。巉巉懸崖間，怪石蹲怒虎。出寺益奇峭，濟險力須努。決眥天欲平，側足蹊愈古。或如愚公移，或如媧皇補。或經祖龍鞭，或厄巨靈斧。瘦宜小李圖，皴入大癡譜。犖确磊砢閒，呀然闢巖户。乍歷趾尚高，繼躪腰乃俯。一洞增一奇，洞洞具城府。陽曦不能下，萬竅滴鐘乳。嘉名誰肇錫，各各義有取。巨鼇移篷壺，䶕齡復岨峿。瑩然玉笥開，皚皚白于瑀。最勝推三台，中上各以序。恍逢花帔仙，或覯藍橋女。高高一線天，漏碧僅累黍。仙源稍淺窄，拱衛等邾莒。不知荒寒中，前行更何許。五步褰衣襟，十步戒徒侶。離山日半曛，蒼黑警粥鼓。

送秋塘再赴蜀幕

乍攜家具買林邱，又促輕裝賦遠遊。淮水秋風頻入夢，秋間相遇於秦淮。巴山夜雨易生愁。浮蹤略似三邊雁，野性難馴萬里鷗。到日錦城春色早，海棠花底醉千甌。

衛霍軍聲殷怒霆，月支獻後待犁廷。雨昏萬竈炊烟黑，風撼層碉戰血腥。自昔雄才工草檄，於今絶域望鐫銘。請纓投筆平生志，愧我踈慵守一經。

花朝後二日微雨

雲意遲朝晴，簾波滃未明。林花濃作態，徑草軟無聲。水浸苔磯碧，烟封石塢平。何當逢霽景，散步浣春情。

方塔歌

昔予尋法螺，筍輿越松岡。周遭螘旋復牛磨，空空妙諦師華藏。江城近得寓公宅，童然孤塔遥相望。有時出户强登陟，每從四角窺中央。重鎮翹坤輿，既直且既方。譬彼終南山，有紀乃有堂。有如錢函出大冶，炯炯烈燄騰寒芒。有如矩尺範巧匠，稜稜巨刃揮星鋩。又如夏官土方掌以土圭測日景，曈曨彩暈百尺暾榑桑。森然可敬不可狎，江湖東下爲之坊。吾儕樹立貴效是，縱遇枘鑿庸何傷。不見東京物望第五倫，正以峭覈留孤芳；又不見華陽真逸山中相，金瞳一點壽且康。毁之刓之計乃左，哂彼瓦合烏能臧。由來至道必大適，逃儒逃墨徒披猖。歌闌閣筆發大噱，隔垣忽怖風鈴鏘。

展族祖文恪公神道成二十韻

泖淞彈丸區，勝代萃科目。最盛推南州，廿載秉鈞軸。鈴山焰乍消，新鄭斆旋伏。蕭蕭下邽門，含沙防短蜮。吾家容臺公，風矩最清肅。射策冠鰲扉，高文萬手録。維時太阿顛，鈎黨紛洛蜀。疑案飛妖書，鉗網釀巨獄。善人安可戕，苦語湔餘毒。俟將作霖雨，大沛蒼生福。喆人憬先幾，翩然遂初服。盛事儕二疏，遂者巷填轂。行年及杖鄉，魯殿靈光獨。賜幣兼告存，朝野星雲煜。懿訓垂維桑，寶貴等球玉。百年門祚衰，烏巷剩高木。瓣香訪道山，虬柯風謖謖。穹碑蝕蛟螭，丙舍付樵牧。論世當知人，清芬慨誰續。還有奉誠園，長歌金縷曲。公長君名允恭，官石屏州知州，爲朱竹垞先生外祖。有園，今廢，先生爲賦金縷曲，載集中。

斜月

斜月在簾鈎，清輝爲我留。雲林疑不夜，風露自新秋，老鶴侵花睡，疎螢背竹流。因偕二三子，散髮傲滄洲。

諸葛瑾墓在陶宅

連雲宿莽翳榛蕪，地比南陽舊草廬。江介聲靈誇得虎，朝端姓氏漫題驢。勳侔周魯參前席，誼絶曹劉灑謗書。石子岡頭歌篋絡，摧殘巢卵痛何如。

題五畝園十景

園居仿山居，疊石以爲徑。石平徑益奇，樓閣態而詭。羨彼山中人，有具堪濟勝。引勝。

花蜂不須攘，花蟲還應除。花甲更宜護，花丁未嫌劬。乃知萬花隱，迥勝五柳居。課花居。

九華可在壺，五嶽可藏笥。妙諦師南華，一卷亦非細。譬彼蓬萊行，左股且小憩。卷峰小憩。

泄雲如奔駒，日暮不違舍。山人嬾於雲，鎮日得清暇。遲之又遲之，散髮倚孤樹。遲雲樹。

冰輪在天上，挹之阻且長。誰知一片影，溢作萬罄光。紈如街鼓歇，殘魄留虛廊。滿月廊。

山烟裊若絲，山竇窄於甕。金烏不能侵，寸碧盡含凍。非誇小有天，聊擬大滌洞。烟霞洞。

准王仙者流，舐鼎秘丹籙。如今十笏區，招隱企高躅。應有羽衣人，月明來度曲。小山一曲。

好山若靜女，一蕞迴螺青。偶然拄頰坐，爽氣涵虛櫺。予亦思料理，同縛香茅亭。挹爽亭。

方塘甃以石，清可窺鬚眉。稍嫌游鯈躍，劃破青玻瓈。若教補修竹，便是流杯池。一鑑池。

香烟熱氤氳，香泉漱澎湃。有時罡風吹，白晝玉龍掛。持印妙明心，了了浮漚界。香界。

秋夜客感

客有悲秋思去聲，攜琴訴不平。星河初犖确，風露漸淒清。殘柝沿郗急，疎燈背影明。陰蛬爾何物，偏向枕邊鳴。

豈有高軒過，中宵敞竹扉。微風梳短髮，涼露滴生衣。匣劍寒芒斂，囊錐脱穎非。五陵諸俠少，裘馬任輕肥。

禄養曾何有，高堂已白頭。薄遊兒失學，多病婦工愁。京國嫌塵海，江湖穩釣舟。夜來雙雁語，似作稻粱謀。

魯酒寧嫌薄，狂歌醉復醒。月明疑度鵲，星墮似流螢。古鏡新添白，陳氊漸褪青。愁來思小憩，短夢總飄零。

題惲南田花卉册

春烟澹沱春陰積，沈香亭畔闌干碧。鞓紅一捻豔明霞，隔簾斜嚲嬌無力。何人雲翦截鮫綃，繡纈惺忪倚翠翹。倘逢金粟前身侶，定染花箋掣錦袍。折枝牡丹。

黄陵廟口啼鷓鴣，湘月半缺湘烟晡。三竿兩竿逗明滅，天寒翠袖風爲扶。風消霞細緑雲裂，一笑高林拗玉屑。地爐香燼膽瓶寒，狼籍冰簾糝紅雪。細竹紅梅。

武陵春潮碧油膩，紅雨繽紛織霞綺。花花葉葉醉東風，撩亂烟光呼不起。瞥見穠華倚嫩晴，一枝含露障銀屏。紅塵紫陌催人去，千尺花潭無限情。折枝桃花。

彩霞灩灩波溶溶，銀絲萬縷纏玲瓏。美人畫舫挹明鏡，文鴛六六如花紅。玉池日夕金飈起，荇葉蘋花齊褪綺。細痕零落粉痕消，一剪微波渺千里。荷花。

江楓烘霞井梧墮，一桁南山排紫邏。連朝啼鳩似催晴，短短金鈴坼雙箇。霜華瘦盡月華肥，录曲屏山掩竹扉。望望白衣人未返，斷雲野鶴送斜暉。菊花。

曼陀仙人絳羅襦，影漏鞨靺翻氍毹。紅雲吐彩錦窠熱，斑斑鵑血流明珠。一枝嫣然透重萼，粉痕半暈潮痕薄。夜闌月黑花態微，疑躪紫霄跨紅鶴。折枝山茶。

旗亭草長遊絲碧，萬縷鵝黄密于織。珠鞭玉鐙不動塵，何處呢喃喚行客。紅襟翠羽舞差池，陌上誰家訴別離。芹泥香細杏雨滑，更宿重簾睇畫眉。緑楊乳燕。

蜘蛛簷角露氣滋，砌蛬咽咽催金颸。碧闌幾曲漏寒艷，周遭錦石封琉璃。花鈴鏘然午晷促，碎雨零烟綻紅玉。雪奴也解戀穠英，斜日苔陰背人宿。雁來紅。

泖湖漁歌

淼淼湖光浸碧奩，緑蓑青箬雨廉纖。儂舟日暮塘東泊，望望潮音塔影尖。
荷渚菱灣倚嫩晴，鷺鷥兩兩背人明。晚來風細潮初落，卧聽烟江撒網聲。

題黄海槎學博秋山讀書圖

昌黎宰陽山，犺嘯醒孤枕。坡公栖瓊厓，芋水供啜飲。昔賢甘拙宦，夷途識久稔。所耽在簡翰，至好恬食寢。結習精益勤，纓組細已甚。非標作者型，特爲來者諗。先生起瀛壖，穎質殆風禀。奇文百斛扛，健筆千夫凛。褰帷枚皐邨，薄糈支官廩。經義治事閒，淄澠別流品。英英叢桂枝，莪棫咸兆朕。翩然返家江，鷁退義實審。青鞵踏故林，乍值霜氣凜。斕斒楓柏條，葉葉攢碎錦。斷隴敗蘀零，窄澗細泉淰。蒼然露石骨，刻峭若新鋟。間擬南村陶，景傲東田沈。興來啓縑緗，雙眼秋鷹瞫。既祛螢案炎，復异雪窓痒。鉛塹置籓溷，朱墨漬襟衽。躁如鼠啣薑，貪若鳩食葚。瑣細若撮囊，汎濫同拾瀋。有時覯疑義，若口咀桂荏。砉然町畦開，天馬恣踔踸。精心勉鎔鑄，鯖鸞詎失飪。想當冥契初，神洞吻愈唫。稜稜賈島肩，吟疲偶鶴瘵。惟虞一晌頹，忘卻十指瘦。馬錢各有癖，斯亦意所訦。殺青待他年，庶俾鰍生噤。

登雨花臺

西風瑟拉釀輕寒，倚杖登臨夕照殘。一磴烟巒羈短屐，六朝金粉弔長干。空花落處邊烽暗，甜密呼時戰血乾。白馬青絲成底事，高歌獨雁下雲端。

晚出聚寶門

長干塔頂晚雲羅，無限塵蹄得得過。破院老僧閒似鶴，夕陽孤客倦於騾。心馳東下江關近，目斷南飛烏鵲多。愁絶官橋楊柳色，數行金粉尚婆娑。

梁溪曉泊

溪流猶汗漫，山翠自嬋娟。夜醉蘭陵酒，晨烹竹塢泉。疎林孤嶼湧，初日片帆懸。怊悵誅茅約，長歌一扣舷。

胥江泛月

帆影入雲微，金波罨夕霏。紅橋三百九，齊作彩虹飛。露濕青絲綷，風迴白苧衣。吴姬年十五，吹笛趁圓輝。

遊虞山劍門

夙聞梁益間，天險標劍閣。蕞爾海湧峰，一涔泉未涸。兹山亦平遠，意外闢齦齶。想當混沌初，鬼斧丁丁斸。石色青萍磨，石勢金戟拓。夜來山氣微，星斗挂犖确。砉然鐵鞘開，熊熊紫氣駮。一呹掩雙扉，如拱還如搏。怪禽不敢栖，欲墮警腷膊。誰敷錫嘉名，肖像惟干鏌。我無孟陽才，濟勝意多怍。所欣百里遊，恣意躪芒屩。

拂水巖

山行陡聞瀑，喜色動眉宇。瀑垂山忽坳，倒捲作飛雨。玉龍自天來，蜿蜒勢將舉。豈知一晌間，尾掉首逾頫。罡風闖然驚，劈作千條縷。噌吰鐘鼓喧，的皪珠璣舞。欲下不能下，幻態頓如許。祇憎巖畔莊，埋照義奚取。平生冰雪胸，對此欣畢吐。豈必三峽橋，裹糧閱深阻。

欲尋破山寺雨阻不果

山徑多晝陰，謂是嵐翠沓。行行徑轉紆，雲木蓊然合。伶俜欹柳條，滑澾漬芒靸。遥睇古招提，暝黑雙扉闔。當年盱眙尉，薄宦任摧闒。山光潭影閒，妙諦喻枯衲。兹遊跂宗風，溪毛薦芳榼。瓣香悵安從，皈依慚怖鴿。濛濛巖霧沈，凛凛澗飆颯。還滂廬陵公，馳書想螺蛤。

綿駒里

杏花衫子態盈盈，酒畔公然學繼聲。茅店霜清燈似豆，自調珠串按銀箏。

董仲舒祠

不隨枚馬鬥才名，三策煌煌冠兩京。下馬荒陵猶俎豆，牧豬小豎盡公卿。經帷端藉醇儒重，文網翻緣執友攖。漫把玉杯澆濁酒，西風殘照廣川城。

雄縣城樓晚眺

草低天遠見牛羊，屹屹雄關枕大荒。三輔雲開斜日紫，九邊風緊凍沙黄。士餘燕趙悲歌氣，地是遼金古戰場。想像巖疆嚴斥堠，一聲篳篥月如霜。

與潛夫亞夫兩弟别於沙窩門

勃羽思投林，涸鱗思入水。送子國東門，緇塵暗行李。子住亦復住，子行豈獲已。上有白髮親，下有青衫弟。勉旃支門户，暇即課文史。到日雁南征，秋風將老矣。目斷車班班，一瞬渺千里。同出不同歸，那免離愁起。

偕楊蓉裳韓桂舲集姚一如寓齋即席送蓉裳試任甘肅一如試任雲南

西峰火雲消蕺葉，易水寒風響騷屑。酒人自古善悲秋，況復當杯訴離别。酒酣耳熱懷抱開，高歌更洗黄金罍。男兒一官輕萬里，瘴鄉雪徼方需才。三關沙擁霜蹄怯，六詔山高凍鳶跕。羡君脱手譜新腔，鐵笛胡笙簸交擷。閱罷河梁夕照晡，天涯何處着雙鳧。花明榆塞春乘障，月黑箐林夜渡瀘。荆州名士人如璧，早晚含香粉垣直。接席聊爲同隊魚，題襟無那分飛翮。愧我銅街踏軟塵，每聞驪唱一沾巾。知君幕府飛觴夜，應念燕臺乞米人。

送吴竹橋南歸即次留别原韻

牛腰吟卷壓輕輪，懶作長安乞米人。入世幾逢青眼客，還家爲省白頭親。秋深三徑猶存菊，地有重湖可采蓴。况復登臨佳節近，西風吹盡素衣塵。

倪雲林洗硯圖有序

硯旁有倪翁自製銘及河洛圖。今爲藍君所得，因署所居曰小清閟閣，并繪圖。圖中洗硯者爲翁，旁侍者爲君，以誌私淑焉。

雲林主人住清閟，懶迂結習祇晏眠。閣中三字尚爾仿古畫，想見翡翐珊格一一矜精研。今看方寸璧，誌自至正年。旁鐫銘詞極簡古，羲爻雒①範文交纏。流傳廼入好事手，圖作一幅雲藍箋。中有一人鶴骨翩，手攜玉質濡清泉。波紋湛瑩膩，犀紋媚淪漣。水華泓然石華暈，臨風一縷

① 雒，原訛「雒」。

痕微涓。有如甘蕉濯新露，空青活碧流娗娟。更有一人拱袂立，圓顱不動神翛然。瓣香有願矢勿告，竟與古石同貞堅。小園矮閣拓半廛，嘉名肇錫師前賢。閣前花木清且妍，蒼藤百尺清陰圓。有時撫硯更讀畫①，摩抄三復喜欲顛。猶恨與翁不並世，躬挑碎蘀培苔錢。人間非無鸜斑鴝眼炫奇貨，要知秘寶憑人傳。後之視今猶視昔，文山玉帶差齊肩。何當相約比鄰住，硯南昕夕長周旋。

遊天寧寺

沙墥鬱霾風，鈴語落天半。入門氣蒼寒，古樹颯樛榦。流傳拓拔朝，光林制聿煥。肆及隋開皇，宏業格震旦。萬靈輸鑪錘，一柱矗霄漢。稜然十三檐，檐檐金碧燦。馳暉閲千齡，彈指刧灰換。粉丹蝕模糊，碑碣泐漫漶。惟有石函精，亘古閟不散。六時花雨飄，五夜星雲爛。製侔貞嶽堅，名作祇林冠。昂首逼紫雯，九閽似可唤。翾翾白蝙飛，冥冥蒼鼯竄。意外戛霜鯨，西峰日將旰。

① 畫，原訛「晝」。

遊白雲觀

道人曩入道，羽蜕傳飛昇。層闉兀遺搆，縹緲雲光凝。緬惟紅羊刧，屠機詫難勝。惟師抗高義，垂堂義同稱。冰天一萬里，瘦馬衝凌兢。鞭絲裊六花，慧力誰能矜。金符大如斗，璚島扱層層。火雲圍火幄，沃以冰桃冰。俄焉液池涸，怛化先幾徵。流傳五百禩，故事猶頻仍。覽揆數符九，繡轂駢輷輘。砌石疊瑶甗，刹竿界金繩。碧瓦霽晷晃，綺欄鮮霞澄。循楹展遺像，鶴骨撑崚嶒。巨瓢製奇古，御墨縈光騰。跡佯從松侶，幻殊呪蓮僧。齋心拊殘碣，法鼓催登登。

將之山右别都下故人

草草衡炎作急裝，勞生人海未容藏。久安京國同吾土，畢竟并州是異鄉。故侶從教嘲食雁，歧途是處等亡羊。只餘一事添吟興，長日吟鞭指太行。

卷三

田光里

俛笑復僂行，懸知事不成。先容憑鞠傳，後死悼荊卿。不負諾哉語，何慚長者名。於期寧足並，搤腕枉輕生。
擊筑工何益，潛淵咎孰任。窮途多刺促，大勇獨深沈。滅口侯嬴節，捐軀豫讓心。試彈易水曲，泉下定沾襟。

晚次獲鹿

迢遞畿南道，垂鞭我馬休。神皐傳獲鹿，列嶂似犇牛。陶穴穹崖閟，焦烟冶市稠。俗多鍛鐵。明朝山路險，宵夢預懸愁。

山行雜詩

晨筞遵鹿泉，陡聞石聲險。獰飆颯然來，吹我簉習坎。瘦蹄蹂淩兢，堅軸戛輡轗。前嶺壓後崖，一步一破膽。瞥見山市迎，窈黑土門掩。山町巧結構，趄趑架層厂。縱殊灰窖窪，頗類煤坑黮。其間植菰蓏，累石等列礮。覃延圍數重，寸利詎輕糝。始知翦桐封，遺俗猶師儉。

荒山夜來雨，洶洶洪濤奔。石水五斗泥，大類渾河渾。群峰蜿蜒來，勢若撐崑崙。似將攝巨漲，免俾龍宮翻。誰知迅悍流，激箭傾崖垠。砰訇怒交鬪，一瀉隨溟鯤。我馬筞不前，翦渡浮輕綸。中流聳石角，矗矗巉雲根。若教稍撞擊，弱命嗟鯨吞。豈必呂梁壑，惻惻摧羈魂。

薄暮臨故關，關勢倚絶壁。燕晉區鴻溝，廣輪呀然劃。峰峰若螺旋，磊砢鐵森積。險懾萬馬瘖，隘倩一夫扼。瘦柯絶鸛巢，寸泥印虎跡。迤邐下層梯，千仞駭一擲。古刹標龍窩，蹮跜影疑匿。夕氣蓊如薰，星鐘出昏黑。不信漁洋詩，槐花黄墮幘。

峩峩三天門，曰南最雄壯。蟻旋牛磨間，意外劖絶嶂。上黨洎飛狐，天脊古來尚。始行甑釜中，倏踞參井上。匽㕓豁萬層，礓礫非一狀。怪松纏枯藤，偃蹇怒相向。赤日挂蒼寒，永晝閟樵唱。衆峰攢兒孫，腳底走頹浪。一晌超層囍，庚庚稍夷曠。天險不可升，弛轡轉悽愴。回瞰萬仞青，壓背勢猶抗。

井陘關歌

我行觸熱兼觸險，郎當鈴馱荒山中。山巔火雲如赤幟，倒挂石骨紛青紅。巖關呀然扼其吭，勢瞰絶壑參高墉。匼㔩蟻穴閟深穽，蜿蜒蛇尾拖長虹。飛狐上黨互鈎帶，插天鐵壁撐晴空。劉安九塞傳自昔，方城殽阪堪爭雄。車不方軌騎不列，咄嗟天險非人工。當年漢將此喋血，二十萬衆騰羆熊。斬餘禽歇約會食，那許諸將邀微功。多多益善洵堪詡，意氣自謂驕重瞳。詎知隆準等烏喙，寧俟鳥盡悲藏弓。娥姁煽處更狡獪，英魂長樂悽殘鐘。且憐且喜亦太忍，趣湯巧辯勞齊通。解推夙誼問安在，正與刎頸將毋同。外黄快壻亦齪齪，漫以睚眦成凶終。生降更嗤李廣武，公然東向輸愚忠。君臣朋友道頓剥，千秋懷古悲填胸。只今遺墟牘迦戍，久罷笳鼓喧傳烽。青燐無光白髏化，尚有鬼哭驚蕘僮。夕陽催人策瘦馬，亟躪絶嶂扳層穹。

袁曙海廉使訂遊晉祠俄予抱恙公亦以他事牽率不果詩以代柬

夙繙桑酈經，洑流洩懸甕。涼堂洎飛梁，暍暑層冰凍。繼吟謫仙詩，碧玉瑩于淞。廬陵歌絶佳，竹垞記堪誦。山郵阻且遥，凡翮蔑由羾。夏五作晉遊，蓮幕忝賓從。長山老繡衣，上理幾無訟。期予出郊坰，卅里躡飛鞚。聿展聖母祠，兼躪朝陽洞。誰知侘傺人，惡疢陡然中。參苓效罕臻，俞扁經更瞢。繩牀三尺餘，小極兀如夢。并稔浹旬來，簿領頗倥傯。敗興非偶然，怫鬱曾何用。側聞沮洳區，好景逮秋仲。夾隄菡萏花，燦若羃錦幪。琤琮難老泉，萬斛裂蘚縫。藿靡長生蘋，明瑶茁仙蕻。安得覯鏡機，一笑捐沈瘲。振策歷層坡，翩若雲端鳳。淵淵冰雪襟，定許鯫生共。俯瞰川儵翔，仰聆谷禽哢。濯髮青玻璃，頓俾塵纓空。欹枕攄長謡，後約彌鄭重。

太安驛訪昌黎詩亭

群山巉巖峙青笏，一勺芹泉漱石窟。荒馗古堠少人行，如斗孤亭蔭蒼碣。當年宣諭氣堂堂，虎穴狼氛備倉猝。駪駪駱駕驚荒雞，辛苦嚴裝戴星發。蟠根仙李弛皇綱，幾輩强藩擅旄鉞。罪言累牘增激昂，聽唱千聲忘危亂。一苞三蘖蔓難圖，久已孤臣痛徹骨。一朝持節闖賊巢，想見精神凛毛髮。轟霆掣電只數言，瞥見移薪安曲突。長安不少好風光，無限歸心戀丹闕。涉秋花柳更蕭條，近塞霾沙自蓬勃。駕部聯鑣失舊蹤，徂來寶墨埋荒垡。承天片石賸題名，移置還應走郵卒。雁峰雲霧掃晴空，鱷潭波浪消溟渤。衝斗光芒萬丈寒，身世何妨墮磨蝎。瓣香禮罷投烟墟，依舊馬頭挂團月。

以碧落碑寄吳穉堂兄媵以長歌

赤虹韜光紫苞閟，斯邈變體紛相矜。穹碑高峙屬者嶧，繼此鐵筆推陽冰。鼓堆泉邊訪趧[illegible]，閱七昕夕忘寢興。口哦手畫喜莫釋，邯鄲之步徒夌兢。迺知秘寶出神授，彼磔漫漶猶堪徵。有唐五十有三禩，蟠根奕葉綿雲礽。哀子曰訓曰誼譔，寔懷銜恤悲填膺。金真琳房煒法像，莊嚴瓔珞祥雲凝。精靈一瞚格蒼穹，翩翾羽客隨風淩。自誇上藝曰予聖，荷巾鶴扇開蒼勝。計句先庚洎後甲，展睇鐍鑰牢緘縢。金籠雪衣倏幻影，飄然紫府俄飛昇。只餘及字若弗及，媧皇巧鍊那能增。齊諧志怪太奇譎，白魚赤雁差同稱。王京遺記失考覈，龔李異議喧青蠅。或云惟正或謀瓘，懸河辯口都難憑。釋叨讀叩溷亥豕，借休從水砭丁朋。承規原疏厄兵燹，陶張臆說空瞢騰。刼灰遍閲尚無恙，好事幾輩捐溪藤。字形規籀閒仿頡，想像跁跒排鋒稜。翰林主人工鑒古，慣購金石揮縑繒。四門一官滯九載，陳倉獵碣摹登登。客中獲此亟持贈，敢覬缸面傾如澠。知君展翫即藏弆，幀紙珍重侔①韓陵。

上艾竹枝詞

銀箏錦瑟閙誰家，十五娉婷戀歲華。飲遍屠蘇開笑口，燭花紅處映椒花。土人以除夕嫁娶名戀歲。

⿰馬燮騠青驄倚翠翹，惺忪火樹駕星橋。畫樓忽湧千花塔，錯認紅雲補絳霄。上元前後三日，人家圍石炭焚之，名塔火，又名補天。

石室遺編閟白雲，如箕蝙蝠自成群。勸郎莫趁罡風去，偷看揚州月二分。郭罕然，明初人，嘗入水簾洞，見大蝙蝠，又遇罡風，見石室遺書，遂得道。每元宵，赴揚州看燈，俄頃至。

① 侔，原訛「侎」。

寶塔參差互建幢，巖城犖确似懸幢。郎心莫比城形峻，妾願長如塔影雙。城西北隅，因高坡築上城雙塔，在城外天寧寺。宋熙寧中建。

嘉山暖翠凝氤氳，流杯池水漲沄沄。花宮芍藥爲儂採，採作東風五色裙。流杯池，在城南，有五色芍藥。

抱犢寨邊秋月明，賽魚里畔秋風生。儂家娘子關前住，妬煞秋山翠黛橫。

平定州雜詩

榆關形勝號巖疆，屹屹重城枕大荒。燕晉河山雄表裏，金元文獻付蒼涼。寨空抱犢留孤堠，地接飛狐倚大行。試向湧雲高閣望，驚沙斜日凍雲黃。抱犢寨，金興定中築；湧雲樓，元刺史趙秉文建。

巖岫邐迤迾萬家，固關一綫闢谽谺。峽翻地軸霏青玉，嶺接天門錮黑砂。驛館燈繁喧駐節，戍樓霜淨咽吹笳。山城冠蓋知多少，落拓青衫感鬢華。承天瀑布名青玉峽，見元遺山集。南天門名黑砂嶺。

青蛾翠髻罨空濛，百丈懸泉瀉玉虹。靈兆鼇神從昔著，俗沿龍忌到今同。苔痕駁落碑銘古，樹影周遭輦路通。厝火積薪何太苦，遊人愁煞妬花風。土人以介子推亡日爲龍忌，繼其妹積薪自焚，化爲鼇神，後建妬女祠，唐李諲作頌，狄梁公爭輦道在此。

楊雲翼趙秉文宗風冠六賢，遺山僑跡最堪憐。已逢騎省歸朝日，漫説蘭成射策年。老樹清秋催畫舫，荒亭野史耀青編。中州多少英雄氣，留得騷心萬古傳。

半田半水九分山，遺諺流傳石骨頑。豈有嘉禾生白壤，祇餘稗麥翳黄菅。三更月落狼嗥市，五夜春回雁度關。羸①得荒郊饒雉兔，聯翩獵騎帶星還。

石樓高嶺舊傳經，講院新營擬建瓴。儘有寒氈供偃仰，未容短劍歎飄零。南雲時繞還鄉夢，東井慵開問字亭。記取紙窗風雪夜，一龕燈火伴青熒。石樓書院，夏廷器建；高嶺書院，孫傑建。皆在下城，今移置上城。院傍有東井亭。

安肅田家

茅茨散烟火，背郭展荆扉。古木牛磨癢，疎蕣雀療飢。傾壺邨釀薄，入饌野蔬肥。忽觸羈人感，東皐訊久違。

① 羸，原訛「羸」。

龍窩寺

峰轉峰逾峻，環峰擁石房。陰厓閟鱗鬣，飛閣冠青蒼。鐘梵諸天寂，松杉六月涼。我來消暍暑，茶話趁斜陽。

五月初十日諸同學招集流杯池

千秋遺搆滮閑閑，古碣摩抄剔蘚斑。宿雨尚留三寸瀑，薄雲長護萬重山。林亭野景看猶昨，觴詠風流許再攀。曇礦邨邊遲命駕，翻教對酒憶鄉關。

澗鑿邐迤迴綺筵，吴歈一曲賽珠圓。要知嶺峻山重地，恰稱絲嬌管脆天。烟暝夕陽銜去鳥，風梳高樹曳殘蟬。不妨亟倩丹青手，譜作西園雅集傳。

七夕登湧雲樓用東坡超然臺韻

城根流水城上山，山光雲影空濛間。以城爲臺挹山翠，遍數高鳥隨雲還。當年勝地展文讌，風流賢守推閑閑。燕寢香清吏人散，慣携賓從相躋攀。月華飛簾絲肉奮，亟呼緑酒酬紅顔。掀髯叉手鬭奇句，至今題壁苔紋斑。新城尚書憩玉節，買山愓悵囊錢慳。桃川花雨青玉瀑，摹繪奇麗驚愚頑。百餘年來文獻邈，依舊雉堞堆螺鬟。登高懷古忘日旰，壓簷星斗光迴環。忽嗟今夕是何夕，靈鵲已度黄姑灣。

申生祠

金玦瞻遺佩，稱共命不辰。蹇遭符孝己，肇錫儼生申。茅土曾封沃，烝嘗欲畀秦。新城巫術杳，籲澤展明禋。祠今封嘉山黑水神，禱雨輒應。

發定州泥淖不得前晚宿田家

朝辭中山城，泥痕沾馬脊。雙輪轇不旋，跬步陷及尺。郵丁幾輩來，馬力倩人力。一步十夫掀，一夫百錢值。邪許聲稍瘖，住若迎風鷁。帽裙簸踉蹡，衾襡汙狼籍。古店指清風，望望日曛黑。僕夫嗔且愁，蹇途逝安適。惱煞栖林烏，催人偏格磔。隔林辨孤燈，意外覯茅舍。邨翁荷杖迎，於焉憩我駕。抱薪燎我衣，呼兒亟行炙。瓦盆蚪濁酒，味薄新脱醉。壓架罕圖書，挂壁駢犁耙。雖無花藥莳，草香出籬罅。憐我津梁疲，出户重慰藉。嗒然悟勞生，俟將請學稼。

題王石谷棧道圖同吴稷堂兄賦

梁洋山勢險無比，架棧詎是嬴秦始。長蛇斷尾牛糞金，一綫天開五丁死。歌風亭長始肇封，神兵席捲闚關中。燒棧修棧逞奇計，從兹劉項分雌雄。子陽井蛙不自量，義旗咸仰綸巾相。誰知間道走陰平，魚貫猱升下飛將。蠶叢地僻古大荒，雨淋鈴太聲郎當。前王後孟競割據，始竊僞號終降王。自來在德不在險，天獄如何擬天塹。聚米山川指掌間，披圖何限興亡感。棧雲模糊棧樹連，子規叫月猿嚎烟。帽裙幾隊出復没，似捫參井登青天。烏目山人大癡派，今讀君詩勝讀畫。褒耶斜耶姑勿論，試展丹青數成敗。七盤九折冠九陘，誰施鬼斧鑱空青。壯遊待叱王陽馭，弔古宜繙張載銘。

汪烈女行

齊雲山，高插天，中有磐石貞且堅。女生少失怙，與母相周旋。辛勤奉甘旨，黨鄰僉稱賢。曰嬪太邱子，及笄方待年。可憐終寠户，無力謀花鈿。云何二豎凶，竟敓我所天。鏡已破，不復圓；璧已碎，不復完。母也天只不諒只，一任媒氏爾爾諾諾來通言。初聞媒氏言，口中之毒救護痊；繼聞媒氏言，心中之毒命卒捐。從一而終自古有明訓，妾心之死矢難遷。嬌女傅粉調鉛，烈女餌粉吞鉛。物同用各異，人重物具傳。孤魂見夫還見父，哀哀血淚流黄泉。爲諗采風者，視此青松阡。

撓廠行

琉璃橋界琉璃廠，橋下流澌寒玉響。咬春召客春乍妍，幾輩招邀鐃勝賞。東西迾桁直如繩，碧瓦鱗鱗架彩棚。人日芳辰連穀日，試燈風信届收燈。烟消塵净日亭午，隱隱蚊雷聚儔侶。雪練真疑鮫妾翻，花鬘更倩倀童舞。璚枝珠琲疊闌干，火齊珊瑚閙木難。階前繡箔葳蕤啓，橐底金錢陸續攤。文褫錦賟羅千幅，留與豎儒瞪雙目。任誇書畫米家船，那數琳瑯鄴侯軸。更誰蹋鼓譜心聲，絡索連環奏太平。曼衍魚龍供藻繢，聯翩鸞鳳和簫笙。雕輪翠幰矜華縟，鬟影衣香紛續續。令序宜添日下聞，勝遊還記春明録。

景山官學東同學諸公

趯臺東去五雲鮮，已入申歸趣自便。塵歛冰壺天似水，風遲銀箭日如年。涼沙晃白迷雙鷺，高樹駢青沸萬蟬。詎是玉皇香案吏，頭銜也署小遊仙。

呼嵩山色繞簷端，四面紅亭界翠巒。映日芙蓉方灼灼，接天松柏自丸丸。北扉鎖鑰連雲動，上界樓臺特地寒。魚隊人來頻拄頰，碧城仙侶似闌干。

伏序頒冰臘擁爐，恩波浩蕩記曾無。緎紽簇毷三英燦，紵葛披紋五采鋪。入橐精鏐同剖玉，盈車寶粒勝量珠。更逢設俎金絲殿，兩度歸脤等賜酺。

槐陰午晷太匆匆，挾册聯裀幾輩同。北海經師慚化雨，南陽戚畹儼儒風。綠簽奏效期三歲，墨綬邀榮冀半通。莫笑青氈生計左，勝將琴劍逐飄蓬。

寄壽家人四十

歸雁已北向，青閨訊若何。早年辛苦慣，中歲別離多。薄病爐圍藥，長貧屋補蘿。荊釵好料理，雙鬢已將皤。

白髮翁雖健，眼穿爲倚門。癡兒愁失學，弱女未成婚。卒歲虈薪米，持籌仗弟昆。明年歸計準，暫爾息邱樊。

喆兄官兩地，曾寄大雷書。楚水波偏渺，燕雲望總虛。也添家累重，誰道宦情疏。贏得松阡近，年年薦麥魚。

二十年來事，分明一霎中。韶光從後駛，哀繭到今同。旅館燈花炧，清尊柏葉空。荷鋤生計穩，準擬學龐公。

送黃陟師還新安

易水層冰凍不波，郎當鈴馱促驪歌。梁園賓客逢人少，黃海雲松入夢多。郵牘定隨回雁遞，吟瓢還倩蹇驢馱。到家柏酒除殘臘，繞屋梅花數舊柯。君時館藩邸。

五年三試夜光沈，歸燕能無激楚音。那見揚糠登八米，漫傳澼絖致千金。江山應助凌雲氣，猿鶴能窺出岫心。寄語瘦腰老詞伯，幾時料理舊華簪。謂竹橋祠部。

對雪用李玉溪韻

紫陌浄飛沙，璚雲徹幌嘉。一聲翻砌竹，萬朵綴庭花。豔已催梅柳，融宜膏麥麻。點衣賡繡陛，擁笠畫漁家。慣傍牆坳積，微留瓦縫斜。居思封土窖，出必障氈車。素影黃昏湛，高吟白戰詩。騎驢思訪灞，吠犬訝同巴。橅帖晴光凖，拏舟逸興賒。香南歸夢遠，愁説鬢添華。

曉雨出西直門

城根急榛鳴，城上濕雲黮。城角殘月昏，雜以霧掩冉。僕夫戒晨征，草草行縢撿。迤逦遵層闉，茶棚扉半掩。翻翻青布帘，油燈寒失燄。俄焉辨西峰，蒼崖疊垠隒。夾隄湛湖光，萬柳綠痕染。中央界稻畦，白鷺點數點。仿佛江南村，鄉夢耿清簟。歸與趁西風，及剥烏頭芡。

四月十七日勤政殿引見恭紀

江鄉展義蹕初旋，郊苑清和景物妍。正喜甘霖三日溥，遥瞻秘殿五雲鮮。丹屏渲墨陳無逸，御座後有張文敏書無逸篇。黄帕封簽遞有虔。敬聽賢王宣詔旨，草茅姓氏附班聯。時質郡王帶領宣旨。

出都留别諸同人

琴囊書簏撿匆匆，暫遣輪蹄别軟紅。玉殿層霄瞻晝日，布帆一葉挂秋風。祇憐浪跡同梁燕，且把歸心逐塞鴻。想像釣鱸舊磯石，菰蒲深掩海天東。

連宵帳飲譜驪歌，疎柳長亭下潞河。覽鏡流輝青鬢改，牽衣遠夢白雲多。竚攜手版邀升斗，敢託腰鐮老澗阿。浹歲選衙偕計吏，急裝還趁蹇驢馱。

上臨清板閘

争閘如争城，先登最堪羡。然而順逆殊，篙楫用斯變。逆爲滿彀弓，順作離弦箭。吾行泝上流，三板驚湍漩。榜人矜身手，迸力與水戰。嗚鉦萃丁男，巨索拽如線。遥見鄰舟來，一眴掣飛電。升困遇逈殊，夷險閲幾遍。進寸退反咫，誰云儌利便。仄月射篷窗，耿耿羇魂顫。

舟夜偶成

三板飛流萬斛傾，輥雷濺雪殷砰訇。分明襆被秋山宿，半似松聲半瀑聲。

彭城雜詠

斷粉零香燕子樓，當年開府教歌謳。秋鷹掠遍毬場草，嗚咽寒郊汴泗流。
三板驚湍萬馬回，黄樓賦比謫仙才。從今百步洪邊水，長和空山笛響哀。

詠史小樂府八首

忍凍山頭雀，單衣猶半酣。孤兒栖栫棘，何負汝朱三。
斫破蜒蚰壘，驚心亞子兒。鬥雞如鬥虎，置酒記三垂。
已唤李天下，還嗤田舍翁。酪漿那捄暍，寶馬自玲瓏。
宴罷千秋節，從教緩緩回。怕公心膽破，不道石郎來。
十萬横磨劍，行營羌笛聲。孫兒汝勿怖，噉飯受降城。
不貪木拐封，枉記僧田牧。斷送帝羓歸，何愁打草穀。
省陌錢盈貫，官家且縱嬉。北軍如蟣蠓，被體有黄旗。

四姓靈光獨，禪僧免縱鷹。一杯傾一曲，長樂酒如澠。

旅感

寥落書堂畔，并無雀可羅。園荒蛬語咽，江冷雁聲多。席硯憑狼籍，琴觴輟嘯歌。階前叢桂樹，生意也婆娑。

一髮青如許，登臨感昔遊。韓陵無片石，楚相有荒邱。祠古喧鼯鼠，江空浴鷺鷗。鄉園東望近，祇自耿羇愁。

癡兒慣蓬首，執卷勉隨身。嬌小虞饑渴，提攜共苦辛。薄遊吾累汝，處賤鳥依人。竚返柴門棹，疎梅野水濱。

鳳阿姪餉鰣魚九言

楝花風緊梅雨絲冥冥，漁人齊荷蓑笠攜笭箵。銀絲石首入市賤如土，朝朝暮暮頓頓憎羶腥。凌晨饞涎忽流食指動，長鬚赤腳急遞敲雙扃。有莘其尾詢是阿咸餽，珍重如剖禁臠分侯鯖。吾聞是魚向冠百鱗族，每乘蘆梢潮漲沿沙汀。陡然攖罶觸罛伏帖帖，鼈眠龍蟄瑟縮潛其形。護鱗惜鱗祇恐片鱗損，詎知禍機一發同拘囹。山雞舞鏡枉自愛毛羽，不若雄雞斷尾延修齡。吴儈販鮮急赴五都市，鳴鉦設旆水驛飛流星。金昌亭邊酒肆咄嗟辦，一餐昂索千箇青蚨青。厥味在鱗在骨不在肉，袪丙袪乙切勿兼袪丁。又聞江鰣更較海鰣美，水鹹水淡迥判渭與涇。譬彼宋人好著荔支譜，譽閩譽粤聚訟煩調停。要知論地何如論時好，不時不食宣聖垂規型。錫名曰鰣定取隨時義，魚麗六章宜入笙詩聽。矧予上竿之鮎生計左，自彈長鋏蹤跡波漂萍。渾河石花誰爲[illegible]冰窟，遼河鱘枕誰爲揮霜硎。堆盤羊豕强伴北人食，如逐鮑臭翻棄芝蘭馨。只今衝炎尚作出山計，步兵彈指何日揚歸舲。爰勒山厨亟解柳條貫，沃以井華之水清泠泠。滑脂濃醯蒸透佐午膳，蜜甜家釀一醉傾雙缾。銷除口福並補食單注，豈必遍繙崔馬諸家經。更欣青雲令器獲眼見，龍門跋浪咫尺超重溟。三十六鱗佳訊竚朝夕，懸魚廡内特地排莎廳。

常熟戲贈吴竹橋

羨君好書如好貨，盈箱不受纖塵涴。訝君好酒如好色，五斗纔傾連一石。昔年别君廣寧門，今年訪君尚湖湄。吾儕聚散適然耳，飛蓬無葉萍無根。萬人海裏抽身早，夷甫由來宦情少。玉堂粉署渺浮雲，仰屋著書殆終老。堂前鶴髮健若仙，日長時詠循陔篇。門生幾輩問奇字，升堂時致買山錢。人生名韁利鎖苦糾纏，君今熊魚兼享非徒然。持此告人人或信，勸君莫問書屋求湖田。

吴門送吴壻子洵杭州應試

子嘯吴山月，予乘胥口潮。風帆離合影，烟柳短長條。旅跡隨蓬轉，羈愁仗酒消。修名期自立，雲路緬迢遥。

滄浪亭

百頃晴波萬木陰，石枰遺址半銷沈。神錢故紙尋常事，枉遣孤臣澤畔吟。

漊留瓜裔敞亭臺，衣錦山河付刼灰。畢竟詩翁餘水石，清風明月濯纓來。

祁公罷政魏公遷，守道詩中一網連。還有廬陵陳黨論，醉翁亭畔聽山泉。

將需次八都述懷

誓墓流光改火頻，循資遽現宰官身。將抛桑梓先牽夢，忍別松楸爲拯貧。夙疢未瘳攜上藥，浮蹤如磨感勞薪。修門舊雨休騰笑，謁選人原下第人。

碎琴破甑事休論，百里牽絲荷主恩。拚庋陳編親簿領，羞儲薄俸置田園。弦歌報績談何易，暮夜揮金志尚存。敢博廉名登薦牘，祇承清白舊家門。

重婗行縢已半殘，入山容易出山難。得歸飽喫豐年飯，此去真成下走官。長大癡兒仍廢學，辛勤病婦勸加餐。聯行弱弟遥相送，風雨清宵感百端。

强指别淚飾歡顔，幾輩比鄰訂往還。宦海風帆驚白浪，故園烟月負青山。長途莫問隻雙堠，廣厦難容千萬間。敬謝鄉關舊親串，他時免咲客囊慳。

揚州阻風

卧聞急浪喧，度關如度閘。茫茫廣陵濤，作勢同巫峽。篷窗悽夕寒，陡欲屏絺箑。廿四紅闌橋，浛浛凝雲壓。二分明月簾，密密散絲雯。萬鼇沈魚蛙，千波沸鵝鴨。幾時覯老晴，長隄趨畚鍤。風從東北來，鄉心轉孤怯。連邨待刈禾，鯨濤慘歕欲。即事增羈愁，倦眼凝還眨①。

渡召伯湖

泱漭魚龍氣，澄瀾萬頃平。棠陰無召父，水繪有曹生。使者搴茭急，將軍仗鉞行。時值征臺將士過境。湖干萬楊柳，半挂夕陽明。

清江浦寄家書題後

連宵鄉夢尚依依，薄宦誰教素願違。長記晚涼新浴罷，綠槐樹底挂生衣。

① 眨，原訛「貶」。

題曹儷笙編修遺悶詩後

藜火光中蹋鼓頻，那無星替月司晨。九衢風雪今年甚，更憶熏衣待漏人。

呱呱嬌女掌中珠，紫玉魂歸跡有無。賦就十三行短什，真看子建哭金瓠。

韋杜門庭瓌頊才，鼓盆懷抱幾時開。天都縱有雲如海，遮莫秋風歸去來。

題馮翁竹圃圖并序

翁得揭曼碩、張伯雨、貢師泰、倪雲林題吴仲圭畫竹，畫亡而詩尚存，爰補繪竹中小影而以諸賢題句裝於左，作歌紀之。

夙聞梅花老道人，慣掃禿管描疎筠。揭張貢倪競標誌，後先墨寶光鮮新。雲烟過眼五百禩，零縑斷楮跡盡湮。惟餘題句賸完幯，紙色黯①淡蒼而勻。世間兩美洵難合，神劍豈必騰延津。

① 黯，原訛「黥」。

雲林之桐玉山桂，兵燹過處摧爲薪。區區片幅等片羽，久隨落葉飄霜晨。馮翁嗜古入骨髓，購此詎惜雙烏銀。即論遺墨儘堪貴，何況圖左添青篔。若云千畝抵萬户，猗陶貨殖非翁倫。祇因無竹令人俗，兼以尚友詞齗齗。科頭趺坐蔭其下，寧虞貫櫝遭疑嗔。我昔見翁跂高致，輒思開徑聯比鄰。哦詩讀畫轉自粲，仍逐堀堁東華塵。紞如街鼓耿殘夢，絶憶煮筍山園春。圖中之樂倘可致，平安佳訊傳紅鱗。

銓授寧鄉賢良門引見恭紀

東曹姓名揚，保障原應古晉陽。紫陛連雲森豹尾，碧城如月峙鵷行。同班十二人。地分緊望疇咨切，律奏時薰晝景長。敬聽元臣宣口敕，賢良門外選循良。

封印

大似邨童放學時，一囊高庋任遊嬉。尖風裂幕增寒痒，積雪漫山入畫奇。垂罄行厨猶召客，偶留小吏爲鈔詩。黄紬夢醒黄綿燠，莫訝三商睡起遲。

人日宿石家莊題壁

石莊郇踞石崖高，候館春寒怯敝袍。几榻每餘三宿戀，風塵敢憚一身勞。市饒猛虎飢還吼，櫪擁疲騾喑不嚚。且酌屠蘇煨榾柮，中年詩筆已難豪。

爲王小唐題落梅圖

黃沙莽莽黃雲結，衰草枯林景淒絶。瞥見璚英數點飛，化作千峰萬峰雪。王郎鶴氅舊名家，琴閣紛傳玉潤誇。棐几共拈諸葛筆，緑窗閒試敬亭茶。匆匆上計長安陌，隴頭驛使天涯隔。芙蓉寶鏡大模糊，桃李春城半狼籍。雁門關前雁羽翔，再彈錦瑟音蒼涼。何處梨雲迷紙帳，何年柳絮墮銀牆。香閨小字留瓊珮，淡墨輕描捐粉黛。試看參横月落時，分明霧鬢雲鬟態。一枝苦憶塞垣春，此地由來多苦辛。青塚琵琶悲遠嫁，白登圖畫賺和親。冰花滿林霜花凍，縞袂仙姝頻入夢。已見孤山百樹飄，怕聽羅嶺雙禽哢。偶展生綃魭淚痕，江城殘笛最銷魂。他時瘞玉埋香地，知在銅坑第幾村。

分校口占

绿蕪滿院棘堆牆，行李分排左右廂。靜聽高樓吹角罷，孤燈如豆月如霜。

廣堂高座迥西東，甲乙淄澠鑒別同。好與坡詩添畫稿，九華今在一壺中。山右九房。

漫誇玉尺與冰壺，心計真如賣餅籠。拔十敢云贏得五，差欣滄海少遺珠。

紛紛席硯黯雲藍，門外頻聞蟻戰酣。忽憶秦淮風月好，孤衾殘夢到江南。

卷四

贈程生體常

桃李競春華，夭冶溢道旁。何如空谷蘭，秘爲王者香。丸丸百尺松，歲寒蔚青蒼。珍禽炫毛羽，妙舞儀君堂。誰知九苞鳳，雝雝奏歸昌。君子象豹變，蟄霧南山藏。凡物尚敦植，自媒未云臧。之子秉粹質，温温媲圭璋。似宗伊洛傳，入室先升堂。從兹葆令名，所造詎易量。

峩峩霍山陽，渺渺横汾滸。山河孕地靈，鍾毓於焉聚。君年甫逾冠，至行敦古處。上堂奉旨甘，愉婉溢眉宇。姜被宵同温，梁案晨齊舉。善氣薰鄉邦，公論非漫與。三復董生行，後先堪接武。

設科崇制藝，帖經實椎輪。昔我有先正，陳義醇乎醇。後生漸改錯，藝圃滋荆榛。涉秋荷分校，手腕疲經旬。詰朝覯君卷，百鍊精金純。榮光燭牛斗，鉅響鏗韶鈞。遠可追賈董，近亦歐曾倫。有德必有言，聖謨信果真。持此壽梨棗，曒日懸秋旻。

山城富祠宇，潭潭玉虚宫。頗聞是秋仲，三宿光熊熊。分明斗魁次，戴筐象昭融。生也占獨秀，儼與天緈通。改歲偕計吏，公車驟東風。一試捷春官，桃李交丰茸。射策擢高第，杏苑馳花驄。置身青雲巔，豈圖鼎養豐。還期勵素絲，潔白禔厥躬。韙哉楨榦材，儲作明堂供。

交城望卦山

朝發清源驛，秋雯埽陰霾。連峰裂雲出，亘若羲爻排。縱横斷復連，營扐不稍乖。其旁擁列嶂，森森矗如篵。萬松障無罅，玉筋圍銀釵。是邦古屈産，權奇騁名騧。將母五老降，榮光負圖偕。卧龍摹八陣，瑣細非其儕。回思皖子城，屹立江之涯。更懷吴山麓，家人壽磨厓。遊蹤遍南朔，探奇試芒鞵。

七星槐歌爲介休汪守愚同寅賦

綿山山長青雲客，柏葉松身競標格。三間官廨擁喬柯，煜煜星芒閃昕夕。吾聞七政占璣衡，靈笙降才偉且碩。聶炕那復問歲年，偃蹇誰能計尋尺。撐霆裂月饕風霜，上應經躔氣交射。北包岐華南荊衡，森羅翻訝地維窄。此邦五沃推上腴，塾角名流遺手植。自來兩美必合并，譽人譽樹期毋斁。不見錦官城外李冰橋，赤伏行軍等衽席。何如亭亭華蓋燦瑶光，觸之紡之計斯忒。山人公暇每懷人，長日青蒼墮簾額，更期上壽協歲星，九齡相見鬚眉黑。

雪後發棗坪

沙磧連雲淨宿埃，平林無際白皚皚。銅坑別後無消息，便抵梅花萬樹開。

晉祠

近市泉聲沸，入門泉脈澂。林深儲緑靄，祠古閟青燈。剪葉誰云戲，凝旒①欃式憑。豈知灌城日，鼁釜任騰騰。

① 旒，原作「梳」形。

高齋曾避暑，唐祖藉開基。割據人何在，英雄事可知。宫荒喧雀鼠，碑古蝕蛟螭。還有炎劉裔，嬉危一木支。

桑鄽經堪証，蒼茫烟水虚。連雲青秠穲，沃雪白芙蕖。碓響沙驚鷺，罾跳市買魚。江鄉三載別，對景憶吾廬。

遊柏宊山

山城苦岑寂，公暇窮幽遐。連岡錮積鐵，合沓隆兼宊。其間挺修柏，枝榦森槎枒。蒼翠密無縫，屏絶羲和車。樅身駢檜葉，左右交騰拏。周遭印虎跡，那復栖麛麚。如披營邱畫，健筆蟠龍蛇。曷不裁作梁，高臺切雲霞。曷不刳作舟，汎汎淩蒼葭。何爲老澗壑，偃蹇閲歲華。吾來憩煩暑，短笨經磈砑。獰飆颯然至，歸騎追昏鴉。

宿鋤溝

山徑憎欹斜，山田苦墝埆。意外逢涓流，仄澗漱瀺灂。叢叢菜甲抽，藿藿麥苗擢。青龍及柳林。二滇名。居然鐺脚卓，茅茨數十家。風尚頗淳朴，邀我永夕留。競進村醪濁，薄醉乍曹騰，荒雞催喔喔。

次三交鎮

峰回逼大河，洪流迅如許。墟烟縱復横，遍亘河之滸。隔岸指秦山，岡巒互撑距。時有運租船，嘈雜咸陽賈。地窵風斯漓，睢盱恃深阻。盜藪兼博場，無賴聯什伍。一聞官符下，善泅竄群鼠。更有皮餛飩，一瞚越疆圉。自惟吏術疎，百里慚守土。戒董姑諄諄，庶幾占小補。不見漢循良，祥徵渡河虎。

謁蔡忠襄公祠

連圻風鶴潰囂然，手障雄藩壁壘堅。一旅登陴頻裂眥，重泉埋骨尚拳拳。同仇恍集田横島，異代誰修下壺阡。聞道玉峰遺築在，雲旗兩地往來遄。

狄村謁狄梁公祠

當門桃李燦成行，記取村名奕葉香。遠道思親雲布影，孤忠翼主日重光。登籠藥抵千條絹，裂帛書飛六月霜。不是婁公留盛德，纍臣早已老投荒。

淮陰侯墓在霍州

雲夢生還伍舞陽，群雄從此作弓藏。如何沙上聞私語，翻遣讐人據什邡。
荒壠蕭蕭木葉零，數盤高嶺入雲青。趙家赤幟依稀近，想像英魂戀井陘。

入安邑縣境

翠蓋朱衣夾道呼，雙珪遥緬姒王都。吾來正值秋清節，棗柹丹黄儼畫圖。
迷漫鹺海浸山腰，烈日炎風曬復澆。一自聖明優詔下，如趨舜陛聽簫韶。鹽池在境内，池北有虞舜歌薰樓。時奉旨鹽課歸入地丁。

官驛謡

潭潭古屋臨通衢，兩庌縶遍驊騮駒。野老顧之歎且吁，官家賦粟兼徵芻。芻浮秤，粟浮斛，倍蓰輸將或不足。吾民耗力官耗錢，豪奴幾輩誇腰纏。

東家牽車勤服賈，西家畜馬勤糞田。朝來印牒急如火，驅入官號毋遷延。車既敝，馬亦羸，爾車尚留輪與轂，吾馬空留骨與皮。天寒日短，人馬交飢，長途轣轆流星馳，毋或稍憩遭鞭笞。官家徵役固其理，厮養居然亦爾爾。三小子，四小子，吾民雖賤亦人子，何爲若輩供驅使。

金盤玉椀羅肴漿，連朝屠豕封肥羊。燔炮醯醢各逞長，滿堂滿室盈羶薌。雞鶩連群更狼籍，淋漓毛血如山積，華燈棐几開長筵，酒酣耳熱喧箏絃。飛觴未闌達官怒，合席何無下箸處，不見門外乞兒已僵仆。

裘馬誰家子，大府前驅是昂藏。氣使還頤指，揮霍金錢若流水。昨年使相去，今年制府來。輿丁牧豎紛囉唻，牢搜豪敓罄囊橐，滿填慾壑何爲哉。氍毹縫作簾，錦綺鋪作席。官家阿堵莫愛惜，利刃一揮如裂帛。

詠站馬

飽餐芻粟炫驪黄，惱煞衝途羽檄忙。一聽鈴聲雙股顫，有如老將怯沙場。

遊萬古寺

近寺聞泉聲，入寺瞰泉脈。蒼茫萬古意，渺與炎氛隔。惟有淵渟流，一鏡湛空碧。夾道松杉陰，稠翠襲巾舄。踈篁雜其間，抽筍不盈尺。老僧抗手迎，午饌供香積。倦餘支枕眠，茶烟滃几席。旁羅應真容，跏趺肖面壁。即此悟無生，何苦困行役。忽聽鐘魚聲，泠然告永夕。

關聖殿

殿藏漢壽亭侯印，後有春秋樓。

古篆開函日月光，巍峩廟貌焕維桑。從占聖系緜華閥，想見英魂戀故鄉。繞壁麟經長照耀，當階馬色似騰驤。風雲翊贊真千古，特勅明禋配素王。

裴晉公里

行營上相帶通天，夾隊金吾衛後先。郭令勛名同照耀，條侯壁壘倍精堅。隙防閹豎蹤頻晦，眷合東西誼更聯。此日驅車尋故里，午橋花木剩蒼烟。

司空表聖故里

金蘁睒睒聚妖氛，獨結空山鸞鶴群。詩品超然離色相，隱心渺爾斷聲聞。開園恰對峰頭瀑，卜壙還穿谷口雲。多少清時高卧者，南山捷徑北山文。

司馬温公祠

華夷額手望同傾，聖母垂簾倚老成。姓氏故應魁黨籍，畫圖還許殿耆英。園留獨樂雲烟古，史訂長編袞鉞平。今日得瞻真宰相，清羸猶是一書生。

虞鄉題吴天章集

捫蝨騎驢體態奇，新城詞伯是吾師。此間大有江山助，三復蓮洋一卷詩。
岳色河聲指顧間，峰回五老更孱顔。比鄰更有司空里，想見吟魂獨往還。

中條山雨行

山雲蓊白山雨飛，山風激激吹人衣。群峰合沓青頓失，冥冥壑霧兼林霏。山甿釋耒相顧咲，喜占禾黍芃芃肥。井華罷汲轆轤挂，農歌一曲開荆扉。而我何爲困於役，長曳手版馳塵鞿。間雲出岫思入岫，人生有田胡不歸。嗚呼人生有田胡不歸，吾今無田將安歸。

東禁堰左瞰灘地右逼禁牆壘石植木爲鹽池第一險工年來石脱木朽每遇山水驟漲輙成巨浸因公過此感賦

南近中條北近城，年來捧檄每經行。枉籌茭楗陪鹽澤，幾見金錢給水衡。古道如弦堪走馬，驚濤似屋欲翻鯨。農田宜雨商宜旱，真見滄桑事不平。

百頃蒼茫雪練鋪，四圍清淺長菰蒲。天寒恐有魚龍蟄，地曠惟聞雁鶩呼。輸課只今更甲令，僝工當日費丁夫。祇餘烟景資吟眺，大似吾鄉三泖湖。

曉赴黑龍潭祈雨

殘星在水月挂林，風柯摵摵翻棲禽。麗譙紞鼓響漸沈，長堤轣轆闐車音。古潭幽幽黝且深，菰蒲幾縷縈波心。神物仿佛潛蹄涔，金支翠葆紛來臨。瓣香載爇酒載斟，泥首祇籲神居歆。豐隆屏翳何處尋，艷景長日方流金。竚占靄雲起寸岑，油油禾黍濡甘霖。歸鞍短夢續苦吟，迴看斗柄捎横參。

從葛掌科鳴陽乞葡萄酒

大宛移植萬盈株，桑落蘭生釀法殊。不信夜光渾似墨，連觴真比沃醍醐。
醡牀夜雨滃新篘，小漉烏巾貯滿甌。特爲飲醇訂交誼，非關一斛博涼州。
春風歸院柳如絲，曾捧宫壺拜玉墀。此日抽簪試家釀，卜居宜傍杜康祠。
陶村北去種連棚，紫實離離綴滿莖。好與麥禾同志喜，旬來澍雨課深耕。

郭有道祠

仿佛墊巾裝，叢祠古道傍。舟同李元禮，碑待蔡中郎。俊乂①流差別，人倫鑑自光。高槐餘手植，閲世榦青蒼。

① 乂，原訛「及」。

縣署西廨有雙槐千餘年植也其一腹空群蜂釀蜜其腹樹益蒼翠名以蜜樹作歌紀之

古槐森森罨濃碧，偏拂檐楹蓊巾舄。輪囷疑有蛟螭蟠，蒼潤寧容螻蟻蝕。樹根斜裂腹内空，魏瓠五石將毋同。春風一鼓穴居醒，羽化千百喧隆隆。曉衙曈曨啓晴旭，團圞大似春蠶簇。蜂因得樹穩身藏，樹爲招蜂等膏沃。瓊瑶作醴玉作漿，茯苓琥珀分光芒。芾比棠陰留召伯，甜侔萍實頌荆王。晝聶宵炕宿霧滴，六月花黄採狼籍。滲處差如碧藕筒，剖來略肖青田核。曾聞巧割陟崖高，似此滨①緘密貯牢。枝撑茂蔭遮炎傘，葉沁餘甘試冷淘。孤根拔地群聲閧，喬松巢鶴桐栖鳳。拂拂時招北牖涼，蠕蠕詎幻南柯夢。空庭草長訟書稀，晝静時聞撲短衣。區區莫咲蚍蜉撼，此亦憑生一化機。

① 滨(深)，原作「滨」形。

交印

利鎖名繮七載羈，偶然解脱稍伸眉。吏胥散去鈴梆寂，差似山僧退院時。

曉入西苑

夾鏡沙堤似掌平，雕輪銜尾戴星行。緑楊樹底紅燈影，映入波心上下明。

曲欄彩接亞牆紅，金碧樓臺縹緲中。咫尺名山標萬壽，九齡天子聽呼嵩。

八月二十七日圓明園引見恭紀

一從綰綬别修門，何意微名達九閽。雁塞秋高傳返蹕，龍墀日暖候臨軒。中台聽履金鑾近，上考書簽紫綍温。翹首觚棱餘眷戀，傾陽葵藿寸心敦。

題陸璞堂學士適園灌畦圖

轂雨纔過梅雨滋，秧針緑浸柳千絲。桔槔聲罷斜陽轉，爲戀濃陰憩少時。

菘韭連塍水滿斟，農家月令費披尋。要知老圃因材意，即是名賢澤物心。

汪守愚刺史守忻州人日訪元遺山墓重加封植并置墓田爲裔孫讀書之資馳書徵詩率賦

泉明義熙篇，子山江南賦。少陵稷契徒，忠孝本情素。義士多苦心，古樂府句。詎屑炫章句。先生金源老，横槊牢愁吐。哀郢復招魂，淚灑西園樹。吾鄉梅村翁，六州錯偶鑄。屬纊有遺言，但表詩人墓。先後揆雖同，鏡機實早悟。

昔與曹學識習菴，京華共論詩。云凡學杜者，誰得骨與皮。碔砆當連城，元九尤堪嗤。沿流及坡谷，滄海流交馳。兒孫媚初祖，枉自矜傳衣。只有中州集，瓣香靡成虧。斯言如不信，請示璚琚詞。

曰余賦薄遊，榆關主講席。攬勝訪名賢，巖阿剩遺刻。懸泉水簾歌，硬語盤空力。飛流自千秋，此詩永難泐。會稽賢相公，墨寶等球璧。論詩三十章，煌煌拔齋壁。好古有同情，私淑期毋斁。己亥秋，余掌教平定書院，遊娘子關，見先生懸泉水簾詩石刻。又梁文定公守冀口時書先生論詩絕句，勒院中講堂。

秀容賢刺史，風雅時相親。人日訪遺蹤，畚鍤芟荊榛。有田奉香火，有文壽貞珉。裔孫粗識字，講誦尤斷斷。君昔宰縣上，偉抱邁等倫。之推田既拓，有道祠方新。經術飾吏治，此事本性真。史亭還宜築，結構義維均。誰歟堪配食，除是溪南辛敬之。竚逢輶軒采，志乘垂千春。

鹽池感賦

中條古首陽，澗壑群涓流。其委肖咸澤，其端肇蒙泉。百有二十里，潭潭瀦成淵。作鹹本潤下，羹材藉調鮮。分畦朗明鏡，疆畎同良田。丁男競作苦，用曬不用煎。一經南風鼓，雪山峙連連。所以有嬀汭，解阜調薰絃。郇瑕地多鹽，載在盲左編。子長紀貨殖，猗頓名流傳。後代制屢易，筦榷無常員。聖朝綜名實，冗汰職遇專。一司轄群屬，職掌期毋愆。輓運逮三省，委輸餉九邊。日久法漸弛，猾吏工剝朘。唐俗本纖嗇，錐刀析爰爰。遽憑富紳力，百萬攢金錢。元臣燮梅鼎，夫豈爭利權。如何逢暮夜，饕餮流饞涎。拚將萬年制，崇朝隳蕩然。哉哉三禁門，鎖鑰委道邊。短垣踰其隙，靈祠圮其堧。賈豎蚩蚩來，任人許貿遷。罔顧侵漁害，祇知取攜便。此地本潟滷，助以羲和鞭。遂令貨充牣，倍蓰于從前。騏驥服轅軛，毋過三舍遄。彼岸即大河，招招争扣舷。飛流浩且駛，有如箭離弦。一瞬暨千里，越亘逮齊燕。始達析木津，繼訖清淮壖。私儈日充斥，官筴彌遷延。此贏彼乃絀，判若霄塗懸。僅圖一隅利，寧云策萬全。即以一隅論，後患孰仔肩。官帑耗其蓄，重隄失其堅。倘逢伏雨降，百谷奔濤濺。頓俾蹄涔水，蛟蜃波掀天。利十法斯變，祛弊止補偏。彼哉金注殙，師心蔑前賢。蒙也忝守土，目擊心悁悁。所幸天聽邇，觸諱成長篇。

銓授京倅勤政殿引見蒙擢滇牧恭紀

茫茫宦海想回船，人道京僚是美遷。職領扶風清切地，心懸晉日九重天。時逢卒歲遲趨闕，詔轉新銜令出滇。總爲聖心廑邊徼，不教景倩詡登仙。

過吳門不得歸省先壟寄諸弟

絳雲麗天半，仍歸故山藏。野鶴理故巢，迺遍八表翔。浮萍本無蒂，隨波汎茫洋。曰余雖弱植，託生豈空桑。禄養既不逮，鮮民心内傷。啣命宰百里，薄劣不自量。酉歲孟秋月，保障古晉陽。竊冀换頭銜，烏私遂顯揚。折腰俄十載，寸心凛冰霜。中更移劇地，侘傺難殫詳。幸獲書上考，一階轉班行。扶風分右輔，清切同曹郎。誥身例逾格，泉壤沾①榮光。宦况薄雞肋，世途險羊腸。涉冬訖春暮，始得朝天閶。緑籤奏甫畢，天語傳煌煌。宵旰廑邊徼，改秩超尋常。聖恩洵優渥，臣衷彌徬徨。迢迢萬餘里，局促騰嚴裝。伏雨浹秋雨，鈴軑泥淋浪。遷延閲兼旬，紆道浮南航。胥江鄰歇浦，似可一葦杭。王事誼靡盬，王程期不遑。帶水睽里門，引領徒相望。鄉音比繁樂，入耳闃清商。桐槐記手植，惟恐遭毀傷。松楸結餘蔭，惟恐尋斧斨。書策暨栝棬，遺澤衍孔長。賴諸叔仲季，杜門寶青箱。暇即學稼圃，耕九儲餘糧。子成隱霧豹，吾爲失林麞。右軍文誓墓，至行矜慨慷。柳州書報友，悽惋還激昂。風人戒行役，慎旃宜自薆。何圖蒲柳質，乃入瘴

① 沾，原訛「沽」。

癘鄉。咫尺成間阻，歧途祇悵悵。自惟十年來，憂患已飽嘗。逝將循初服，勇退帆休張。一如丱角歲，相依讀書堂。欵扉再相見，驚心鬢毛蒼。

展謝東墅先生墓

灤陽旋蹕賦朝天，亟問興居寢榻前。話久氣絲頻續斷，情深淚雨灑淪漣。東山躡屐虛初願，西苑聽鐘記昔年。此日荒莊來展拜，西風宿草景淒然。

胄筵經訓寶琳瑯，聖主恩容夜鑿藏。薏苡成珠空貫月，芝蘭化玉半摧霜。疏陳賈誼虛前席，士許彭宣到後堂。誰料老門生白首，一官萬里赴炎荒。

貴溪過夏忠愍公故里

綸扉獨坐策河湟，冤憤何由達九閶。曳履中台星黯淡，招魂西市血淋浪。漫憑白簡傾盧杞，宜讀青編鑒霍光。翹首鈐山岡咫尺，九原應悔共維桑。

鈴山感賦

山堂虀粥湛雙清，誰料登朝鼎鉉傾。儘有身名汙白簡，非關邱壑誤蒼生。弇園歌管從頭演，東海爰書信手成。想像僧寮丐殘鉢，經聲猶認讀書聲。

醮①壇賜茗貢青詞，巾幗猶存在莒思。孔雀文章空照耀，飛梟面目太窮奇。冰山鑠後岡猶玷，金穴盈時石定知。聞道孤龕儲講院，更誰香火禮鬚眉。

武陵感楊督師

纍纍經墨拜麻黄，日接平臺一德良。僕固懸軍多跋扈，哥舒出鎮太倉皇。蠶叢搗穴兵三北，龍種臨觴淚萬行。莫道袞朝稀諫草，堂堂對仗有神羊。

① 醮，原訛「蘸」。

上文德關俗名油榨關。

雄關鎮南陬，文德訛油榨。輿丁賈勇登，浹背汗如瀉。山雪凍尚凝，早春似炎夏。連峰蔽天來，蒼黑密無罅。怪石墮高空，絡以枯藤架。呀然闢夷庚，壘級如壘榭。征夫踡跼行，尻高頂逾下。所幸天放晴，一瞋洩雲化。遥睇墟烟明，吾姑税吾駕。

相見坡

山行似猱升，山徑肖螺旋。旋旋屢回頭，與郎好相見。相見似相知，春山學畫眉。不怕山雲暗，只防山月窺。坡長見郎遲，坡短見郎速。崗錦織蠻花，衫裙巧裝束。一步一徘徊，目成心暗猜。夕陽俄返照，望望下山來。

飛雲洞歌

飛雲巖閟飛雲洞，天半韶鈞醒塵夢。洞深洞淺雲迷漫，雲出雲歸洞迎送。入門泉聲沸，入洞石態奇。重重瓔珞各現妙明相，惟妙惟肖誰成虧。下有千尺瀑，滴自千歲古。融成瑟瑟兼明珠，那數垂垂石鐘乳。何人著屐汗漫遊，一重一掩窮冥搜。罡風雷硠澗滑澾，吟嘯祇恐驚潛虬。自來勝賞貴得地，兹獨何爲邊徼棄。吾將哆口問山靈，云將掉頭儼游戲。吁嗟，此洞若踞獅子林，五松疊石同嵚崟。不然移傍聖湖水，飛來高峰嗛奇詭。區區雄長古夜郎，閱萬萬禩排青蒼。蠻烟瘴雨恣剥蝕，似避俗駕投炎荒。投炎荒，正何益，僅免愚公之移巨靈擘，不見西平父子煌煌篆刻挂薜蘿，想像高牙大纛照耀山之阿。洞有傅忠勇公福郡王題額。

響琴峽

峽江亘虁門，峽橋閟廬嶽。吾行馬場坪，頑石惱犖嶨。誰知墊隘區，蒼空殷廣樂。泠泠七條絃，非徵亦非角。筝笛聽自慵，韶鈞夢纔覺。隔澗撐孤峰，壁立色觧駮。上叢松栝樅，濃翠柯條擢。天風鼓其顛，摇漾冰絲濯。昨宵山氣寒，凍雷激飛雹。得毋澌①澤融，萬壑漱瀺灂。秘響詎偶然，定覯邢和璞。

貴定

噥聳曩開營，曾屯十萬兵。瘴深山化霧，邑陋砦爲城。壑湧金銀氣，（城外有金星、銀盤二山。）官分大小平。蟠蛇訪遺跡，銅鼓帶邊聲。

牟珠洞歌

母豬易牟珠，如超汙壤凌仙都，珠簾閟石洞，如遘頑礓獲寶甕。洞外輪蹄歷鹿喧，洞中雪瀑潺湲送。石劣藹著趾，石豁繞容身。翻如羸豕孚蹢躅，十步五步躇逡巡。中撐一柱參列嶂，四角森羅大圓相。卍胸紺髻滿月容，跏趺還現拈花樣。再接拚再厲，一掩復一重。層扉高高計尋仞

① 澌，原訛「凘」。

計丈，恍疑振衣太華之三峰。峰頂排天根，峰根湧地肺。滃然一縷分千絲，瞬息搖溶幻奇態。蒼空衕衕挂玉龍，風鬟霧鬣潛無蹤。鬘華似布三千界，噩夢誰敲百八鐘。支笻躡屐去逾遠，雙腳躊躕自庢返。向禽五岳記前盟，萬里探奇來已晚。

抵貴陽謁韞山鄂宫保諭令入幕居貢院玉尺樓次吴少宰見戊子典試題壁原韻

跡似遊僧將萬里，人非真逸住三層。當年星斗龍文燦，此際雲霄虎節騰。正值歧途愁阮籍，何緣榛榜問張憑。卸裝便覺春眠熟，高擁黄紬忘夙興。

初桃長日幾回升，攬勝叨居最上層。閃閃烽烟三箭掃，填衢燈火萬家騰。時將屆元夕，公剿洗种苗旋省。更番詛繼詩翁押，落拓蹤惟老友憑。謂周肖濂司馬同年。看取龍蛇飛動勢，百年墨寶誌吴興。樓額爲吾鄉沈獅峰洗馬典試時筆。

題周希甫司馬放鴨圖

鴨鴨復鴨鴨，相呼似相狎。江水暖先知，江花嫩堪唼。伊人家住楚江頭，門外清湘曲曲流。閒矜奇服搴蘭茝，時有閒情伴鷺鷗。湘江近接漢江汜，烟雨迷濛景差似。只愁弱羽太輕盈，緑影隨風化爲水。儂家也近釣雪灘，魚莊鵝柵交重闌。但著叢書誇笠澤，那容俗子抛金丸。西連具區恣延眺，七十二峰儼壺嶠。亭亭大小兩烟鬟，記取佳名任騰笑。太湖有大鴨、小鴨二山。汎汎跡誰如，江湖願總虚。舄飛曾誤我，頸短轉憐渠。倦飛底羡投林樂，披圖準踐松陵約。不妨畫諾戲群鴻，遮莫移文招怨鶴。水雲綿渺認吟身，境比仙源擬問津。祇恐到門驚拍拍，撇波一陣惱比鄰。

題吴太守民秉七泉馴蠻圖

使君馴蠻等馴虎，履之飼之手親拊。使君馴蠻比馴牛，箠之叱之性逾柔。七尺軀藏七星劍，紫炁潭潭斗墟占。劍光一映泉一泓，雪練霜鋒影交汎。負韉酋長結隊來，歡聲殷地轟晴雷。吚嚘囉唻撟重舌，似與泉響争喧豗。前攜蠻童後蠻女，弱質盈盈正三五。弓鞖展韅裙抹腰，桃花馬上花如語。花枝垂垂拂錦幖，和門鼓吹闐金鐃。受降特設三城戍，迾堠遥通萬里橋。層碉連雲障原野，裘帶行營度嫺雅。題襟共贈吕虔刀，投鞭還抱班超馬。廉泉載酌圖載披，淩烟畫像侔光儀。只今竹國巡春日，轉憶逢渡奏凱時。

韞山鄂宫保魯巖馮中丞戡定稗苗勒名鐵柱賦長律六十韻紀之

典鉅侔頌瑞，勛高等鑄銅。淩烟圖肖鄂，大樹度推馮。遺種從槃瓠，分圻訖補籠。竹浮音幼眇，柯椓浪沖瀜。啓宇由莊蹻，稱兵記馬忠。狉獉蹤最詭，獰犵隙逾訌。舞羽宜懷德，敵干敢伏戎。昏迷忘敗北，跋扈逞徂東。苗匪自南籠擾至安順，蔓延千餘里。□①牯盟毫抗，飛蠶毒蠱蒙。妖氛凝陣黑，戍火燭霄紅。蠢爾睢盱勢，良哉矍鑠翁。登壇蒐勁旅，拜表達深宫。帝切咨群策，臣彌篤匪躬。范韓偕出鎮，廉藺協和衷。籌筆獻原壯，投壺意倍沖。周防規遠略，犄角迅交攻。組練干屯耀，芻糧萬竈充。陣排鵝鸛肅，氣奮虎羆雄。罝堠添標鷺，馱裝半駕犝。只緣淩隙广，不比試

① 原字漫漶不清。

艨艟。巨蔓藤纏墜，長林箐作叢。盤江波激盪，關嶺扼巃嵸。列帥連營肅，鄰疆敵愾同。吉宫保自粵、江中丞自滇會師進勦。摧堅疑破竹，鋤蘖若芟蓬。設覆依層嶂，殲渠躪邃谼。鎗機轟霹靂，礮石震靊霳。移檄光馳電，升陑氣似虹。瘈誰憐國狗，潰已化沙蟲。暈月重圍解，零星寫寨空。那容蛙沸井，還軫雉罹罿。羽鎩焚巢燕，腸拖竄穴鼷。灰釘辜盡伏，幕席路胥窮。露布傳鑾徼，鐃歌徹聖聰。彤盧昭異數，黻冕賁元功。義問追丹浦，威稜徧紫濛。期先三載克，教自七旬通。保障增都尉，招携到僰僮。懲前勞擘畫，善後起疲癃。化被姎徒浹，膏流肥市豐。千闌新築室，偏架載櫜弓。甘蒟調成醬，香椰屑作麷。醅肴儲滿甕，咂酒醉連筩。瘴癘消無外，邊陲奠有終。錫名貞與義，上改南籠府爲興義府，永豐州爲貞豐州。奏凱瞍兼矇。南紀烽斯息，西林績媲隆。普天銷劍戟，特地召倕工。象應長庚燦，爐開太乙洪。蛇矛鎔錟錟，獸炭閃爞爞。干莫雙身躍，錕鋙一晌融。鳩材徵武庫，鼓橐倩雷公。萬里長城壯，千秋傑閣崇。四圍鐫寶篆，一柱倚蒼穹。鰲戴巍峩際，虬蟠縹緲中。金甌綿帶礪，玉斧界羌髳。鏤券文多勣，銘鐘跡易讋。只今撐坱圠，振古峙峅㠓。鈴鐸錚錚和，雲霞縵縵烘。頌揚慚白戰，翹首跋崆峒。

字冢歌爲貴筑王湛恩明府賦

紙爲田，筆爲耒，經訓菑畬耕可代。嘉禾結穗孳乳滋，赤雀翾飛啓茫昧。五車二篋流傳千百年，飢蟲拂翼蝸垂涎。譬諸春風吹落萬花片，沾茵墮溷高下胥同捐。綠圖籀籥洽波漲，斯籀精靈奄凋喪。逮澤應同胔骼埋，策勛豈必祁連樣。君家智永師，追摹先蹟忘腕疲。鐵門限穿石匣閟，沾沾獨惜滿甕千毛錐。又聞新建伯，纍纍瘞旅龍場驛。古來人墨總消磨，瘴雨蠻烟儘狼籍。既書大令亟弃藏，旋畀烈焰營高岡。節值秉蕑兼采菊，事殊瘞玉與埋香。墨光熒熒土花蝕，蘚縫猶疑印波磔。莫言坏土委荒榛，中有皇羲臣頡魄。牂柯江水接昆明，刼後寒灰焰復萌。待化恒河沙萬點，斗間夜夜射縱橫。

老鷹崖歌

黔陬界滇陬，千山萬山永障千萬古。中有危乎高哉之穹崖，綿延五六十里一程許。森森戴頭角，閃閃逞毛羽。瑶光墮地鏗有聲，側目相看怖行旅。爾鷹曷不飛向龍堆雁磧絕塞邊，風毛雨血灑遍蒼浪天。曷不魚復鑿叢搏兕豎，赳赳揚威師尚父。胡爲斂翮瘴癘鄉，翻令狐兔巢其旁。輿丁窘步擔夫喘，遷客幾輩愁踉蹡。不見鸚鵡洲，鳳凰臺，千秋麗製誇仙才。不見黄鵠磯，碧雞嶺，勝地登臨發光景。又聞鷹窠高踞潡浦塘，曈曨彩暈暾扶桑。每逢孟冬騐合朔，樓臺車馬紛迴翔。平蕪落日荒榛翳，莽莽南天伴魑魅。飽颺自昔喻梟雄，毛鷙居然成酷吏。吾將摹作畫，宣和遺譜昧宗派；吾欲賦作歌，景升臺榭全消磨。縱敺鳥雀竄荒谷，難陪鵷鷺翔鑾坡。老鷹聞之欻然怒，頓捲腥風作昏霧，鞭絲何處投前路。

述山詩續鈔

〔清〕唐祖樾　撰

孫幼莉　整理

述山詩續鈔目錄

卷四 ……二一二

卷一

磁州夜雨

滏水油雲合，瀰漫遍夕陰。懸燈孤客夢，宜麥老農心。蓑笠扶犁亟，輪蹄陷淖深。藉蘇詩筆槁，倚馬試長吟。

新鄭見竹林

曲水平橋廣陌邊，薄寒翠裏倚嬋娟。桑乾九月霜摧草，青眼逢君又一年。

驛梅鄉信盼平安，逆旅相看强自寬。遥憶故園雷雨後，鄰翁曉筍薦春盤。

禹州見土城詢諸土人知十年前避教匪築也感賦長句

潭潭百雉臨通道，侵晨啞啞飢烏啼。居民蕭寥爨烟寂，當年草寇諠征鼙。寇來如狼去如鼠，炎炎烽火連天舉。牽爺負子無處逃，藉茲彈丸獲安堵。畚土一簣皆民膏，填土一杵胥民勞。登登日暮不遑息，周遭列柵還穿濠。夙聞秦時徵戍卒，悲歌飲馬長城窟。只今急難鞏金湯，骨折皮皴眼流血。白頭里老曾憑城，連營羽檄如流星。銅頭鐵額孰敢攖，壺漿載道紛相迎。而今休養躋承平，芃芃薺麥郊原盈。丸泥亦可資深耕，遮莫抵掌高談兵。

臥龍岡

茫茫白水鄉，真符肇赤伏。二十八將軍，上汁星垣煜。肖像懸雲臺，故人半邦族。公生百世後，草廬境相屬。地同時迥殊，炎劉統難續。高歌梁父吟，躬耕義不辱。爲膺三顧勤，布衣謝初服。數言決大計，鼎峙三分足。王業卒偏安，僅保彈丸蜀。千尺柏蔭祠，百八桑圍屋。矧茲降神區，岡巒沓清淑。龍躍乘風雲，龍臥閟巖谷。摳衣爇瓣香，羽扇靈風肅。

樊城旅店走筆成詠

人言襄陽樂，儂道襄陽苦。五日住樊城，日日愁霖雨。澔汗濤翻江，浸淫潮潤礎。欲登峴首山，遺碑渺何許。欲醉習家池，嚴程不違處。有懷龐德公，遺安義攸取。驚心上冢辰，禁烟暗村隖①。廿載違松楸，馬醫吾愧汝。

甕子洞曉發

山禽喚客醒，三老促揚舲。灘勢驚飛白，嵐光疊送青。篷疎微漏月，桅迥欲侵星。岸芷馨何有，惟聞漁網腥。

① 隖，原訛「隖」。

舟行阻雨

牛磨遊蹤鷁退程，何妨止止復行行。流連山態和雲態，懊惱灘聲雜雨聲。接飯神鴉如墨墮，捎波孤鷺映沙明。不愁前路波濤險，萬里空囊一葉輕。

灘行雜詩

曩予溯武溪，衝寒戒徒旅。冰雪凌去聲交侵，朔氣悽以楚。水枯石盡出，犖确悉可數。孤舟蝨其閒，寸進凜奎踽。一瞚八春秋，絺綌換裘紵。南方本卑濕，此行兼憚暑。茫茫江漲騰，濟以連宵雨。闐然冒洑流，百折循洲渚。潮來北風狂，揚帆舍篙櫓。榜人利兼程，拍手咲且舞。三復垂堂箴，浮生豈鴻羽。

舟穿九隊底，人出千峰上。黃篾如脩蛇，一絲裊百丈。高灘列其夤，首險數清浪灘名。巨石蟠中央，猙獰獅搏象。下瞰萬仞潭，窅窅戹無當。陡然一撞擊，定成魚腹葬。仰跂伏波祠，瓣香籲神貺。薄暮始停橈，欣聞夜漁唱。

下灘馬注坡，上灘魚緣木。人游我自洄，千里懸遲速。纖兒誇疾行，嗜進工逐逐。誰知快意時，禍機每潛伏。失勢一落閒，險逾車折軸。肉餵飢蛟涎，魄喪含沙蜮。何如循短步，日計常不足。得鹿本非真，失馬偏爲福。守黑與守雌，此義矢勿告。

麻陽船雜題

三板烏篷障綺寮，青紅碧緑樣新描。宛邱學舍差相似，莫訝征人盡折腰。
鄰船溯游魚避叉，儂船溯洄蟹爬沙。相約歸來再想見，也似儂船急槳①划。
新添水手費青銅，行到洪江路正中。拚典布帆拚買醉，來朝不怕石尤風。
一灘一丈判高低，纔過沅溪接溆溪。惱煞山雲工釀雨，箐林如墨鷓鴣啼。
横峰側嶺萬重障，亭午熹微漏日光。瞥見飛流懸匹練，戛天清籟和松簧。
輪蹄䟦楫送流年，行盡黔山始出滇。此日江心浮一葉，直從井底望青天。

① 槳，原訛「漿」。

旅興

傷禽無好音，遷客多悲吟。悲吟何促數入聲，如彈雍門琴。朝行黃蘆岸，夕宿青楓林。湯湯武溪水，瘴霧滋浸淫。矧逢溽暑節，浹辰歎愁霖。蚊蚋噆我肌，蟣蝨攪我衾。懸燈坐永夕，百蟲響交侵。薜荔搴爲衣，蘭茝紉爲襟。非以表潔芳，聊用表予心。

文淵識真主，慷慨壯志存。封侯印如斗，南征屬櫜鞬。一篇誡子書，詞義直且敦。俄遭薏苡謗，青蠅止于樊。幸有朱勃疏，稍稍申煩冤。想當犯毒淫，馬首煙霾昏。每逢跕鳶墮，目擊聲潛吞。有慚鄉里豪，追思少游言。英雄屆垂暮，澤車羨還轅。賢達尚如此，吾儕安足論。

賈傅悲南遷，遽賦承塵鵩。青蓮暨龍標，後先遭竄逐。元祐諸黨人，投荒踵相屬。陽明瘞旅文，凄涼忍卒讀。新都狀元郎，手撼宮鐶哭。虎豹詎可呼，一斥遂不復。西南萬里天，星斗文芒煜。公如贊廟廊，表見轉碌碌。愁苦詞易工，天錫才人福。允推百世師，瓣香矢勿告。

重遊飛雲洞

連朝溽暑困征鞍，瞥見穹崖涌急湍。入洞雲泉晴亦雨，接天松竹夏猶寒。衰年再見真難得，朱竹垞句。勝地重經不嚴看。恍聽迦蘭廣長舌，勞生辜負石蒲團。

上圖寧關抵貴陽

雄關屹屹接天梯，關上栖烏警曉啼。驛路乍經霖雨塌，巖城時被瘴雲迷。鮮新香刹標龍象，依舊層崖蹓馬蹄。莫向且蘭嗟道遠，滇垣猶在萬峰西。

憶從諸葛表南征，列幕飛書信手成。五夜笙歌憑曼衍，群公冠蓋謝逢迎。桑田倏變誰能挽，棋局將殘竟不平。此日州門重策馬，畫韔笳鼓又傳聲。

下拉幫坡渡毛口宿阿都田

亂石崎嶇馬足僵，縈迴百折比羊腸。轉因絶險開詩境，重把餘生入瘴鄉。峻嶺攙雲森似劍，濁流沃日沸如湯。戍樓矗處炊烟起，好便摇鞭趁夕陽。

上老鷹崖

倏緪逾丈八，洩上最高峰。亟趁晴三日，忙過險百重。石多頑似豕，溪漲健于龍。誰錫山靈號，全敺鳥雀蹤。

發平彝居民多催繂挽輿詩以酬之

平巒實山縣，土瘠民迺馴。奈何當首塗，旌節馳駪駪。糗糧訖扉屨，供張滋益貧。曩余暫攝篆，鞅掌缺拊循。今兹重經過，走謁煩吏民。詰朝戒徒御，坡壠扳嶙峋。里正亟募夫，長繩曳侁佹。使君體素腴，齒已屆六旬。倘令一蹉跌，吾民益酸辛。官今已罷職，戀舊彌諄殷。人言民俗澆，吾識民俗淳。揮手謝之去，別淚沾盈巾。

發馬龍見村民祈雨者

磽埆滇山麓，逢庚未種苗。龍潛天聽遠，龜坼地維焦。雲漢通宵炳，風霾卓午驕。誰知江漢滸，萬黿恣蛙跳。

楊林

山麓開平遠，川原入望深。魚陂涵似海，羊肆擁如林。土人以未日開市。甽有清泉沃，嵐無宿瘴侵。祇嫌官驛近，征騎驟駸駸。

王文節公墓

青巖山下拜徵書，萬里天南擁傳車。人比餐旃蘇屬國，地鄰傳檄馬相如。薤歌響切鑾雲黯，藁葬魂依佛火虛。猶勝哀牢罹遠竄，一坏骸骨委荒墟。謂宋潛溪。

送臨安太守江岷雨年伯還皖江

予年二十六，慕隗賦遊燕。維時先君子，與公稱同年。謁公於館次，拜公於牀前。善氣溢眉宇，箴勉詞懃拳。朔南一爲別，蹤跡如雲烟。聞公捷禮闈，姓氏泥金填。聞公直粉署，東曹掌三銓。聞公典秋試，高吟嶽井蓮。一麾驅五馬，萬里專城專。亘古實蠻徼，僻處西南偏。百濮畺窵阻，兩爨種獿蜒。交阯暨越裳，錯壤犬牙聯。元明置守吏，反側尋戈鋋。聖代脩干羽，仁風暢垓埏。公尤善拊循，禮讓惟身先。蠻民亦王民，木鐸勤旬宣。雝雝鸞鳳音，澆風化鷹鸇。雄風十萬戶，戶戶聞誦絃。著雍敦牂歲，予亦賦出滇。捧檄權晌町，擊柝聲連連。飫聞文翁化，耆儒偕流傳。政成届考績，剡牘褒名賢。北轅覲丹墀，一琴載朝天。當宁需循良，黼衣貯鶯遷。胡爲遽請急，拂衣賦歸田。人言公計左，予獨謂不然。宦海多風濤，急流退宜遄。歷稽古大夫，七十軒車懸。矧兹瘴厲鄉，眠食寧安便。膝下方代興，寶樹枝柯駢。懷中五色筆，鶚薦凌聯翩。斑衣娱永日，載補循陔篇。此樂詎易覯，此行儼登仙。涼風起客邸，呼僮整行纏。卸帆計秋杪，紫蟹登盤鮮。當杯皖公山，一髮青娗娟。有如梅解渴，望望先流涎。猶憐失路人，話別情悁悁。貽以書三策，時以手著書三種見贈。晚節期貞堅。臨歧一揮袂，鄉夢隨歸舷。

旅夜雜感

侵簾涼月氣如冰，數遍更籌百感興。隔歲音塵睽萬里，隻身形影伴孤燈。休懷天上乘槎使，已作山中退院僧。猶有朱門鬧絲竹，高燒絳燭擁紅綾。

洞庭木落起微波，稍喜南荒瘴癘和。天上碧雲將暮矣，山中芳草奈愁何。劉郎慣作秋風客，坡老應逢春夢婆。獨擁單衾渾不寐，瑤琴一曲譜商歌。

移寓僧寺

已脱朝衫罷曉參，果然彌勒住同龕。僧雛乍識馴於鴿，繭紙新糊暖似蠶。入社差欣容謝客，祝釐長願禮瞿曇。移居值萬壽聖節。分明雪北香南景，只合標題落木菴。

蕭蕭風雪撼庭柯，埽葉烹茶趣若何。經卷尚疑窮學究，藥爐長伴病維摩。聞鐘入定皈依晚，步月敲詩澈悟多。試展開堂尊宿影，一燈寒照鬢絲皤。

康破靴玉硯歌有序

康名誥，昆明人，生明季，常著破靴，人即以目之。無妻子，好書嗜酒，善吹簫，字學祝枝山，常以玉屑和泥置袖中摶弄陶作硯，堅潤殊常。好事者及故交與之飲，醉後索之可得；貴人重價購之，不售也。滇人傳爲秘寶云。

康君摶玉如摶泥，屑之揉之化角圭。康君摶泥更摶玉，范之鎔之工樸屬。丸泥不封函谷關，黄巾伏莽嗟時囏。屑玉不和金莖露，浮生恐被神仙誤。生平絶藝精且良，翠琳珊格交輝光。墨雲油油雪彩浄，那數銅雀誇香姜。孤蹤拓落聊復爾，破靴行行復止止。偶尋邱壑換芒鞵，羞向侯門曳珠履。洞簫一曲引鳳還，濁醪三斗常酡顔。揮毫欲躪京兆室，祗恨避舍文衡山。

武風子火箸歌有序

風子名恬，武定人，生明季。能以火炭繪竹箸，作花鳥。性嗜酒，醉後以炭箸陳於前，頃刻立就；强之，拂衣而去。孫可望購之不至，縶之不屈，揮斬之不懼，遂縱之。

武君繪事擅火攻，生際陽九裝佯風。須彌納芥現彈指，惟妙惟肖誇神工。繪花如欲舞，繪鳥如堪唤。縱無火風鼎，能使陰陽炭。酒徒三五相招邀，信手急就如旋飆。倘逢俗子强再索，拂衣徑走誰能要。閴然迫脅遭逋寇，利刃如霜雙夾脰。此頭可斷手不撓，義心定獲神明祐。火筆寫生自昔傳，似此絶藝豈偶然。若教借箸指形勝，何異聚米成山川，可惜奇士淪窮邊。

滇陽竹枝詞

有山邐迤號長坡，有水差同禅海多。郎自登山工跋馬，儂今涉海怕風波。

鐵鸚哥是榨油郎，喚醒春閨曉夢長。何似辟寒吐金鳥，明珠十斛好同量。

三泉九曲汎流霞，盤髻烏雲色如鴉。一瓣紅催歌一串，素興花是素馨花。

錦字文傳七字詩，逐臣哀怨比湘纍。笑儂此日羈栖慣，也仿圭齋鼓子詞。

寄題陳桂堂五十學書圖

陳侯少工書，簪花格嬋娟。橐筆登玉堂，細秀如蠶眠。既而學雄放，猛士森戈鋋。濃磨麋丸百，禿埽兔穎千。乞者咄嗟應，鐵門限將穿。結習藉娛老，荏苒知非年。徐徐臻古淡，波磔姿天然。欲趨晉人室，墨豬鄙時賢。時摹黃庭經，閒宗內景篇。貴以玉躞裝，壽以青珉鐫。學書如學易，繪圖倩題箋。君昔典蠻郡，五馬專城專。苗民勿用靈，箐崗騰烽烟。曷不請學劍，霜花淬龍泉，磨盾草露布，彩羽彯翩翩。否則去學稼，扶犁度陌阡，不見多牛翁，取禾三百廛。否則去學賈，子母籌戔戔，不見牧羊豎，家貲競輸邊。腰間印如斗，紫綬光同鮮，迥勝筆耕勩，遠逾墨守堅。君聞迺大噱，謂子何懵焉。子惟書太劣，生計長迍邅。一官落瘴鄉，萬里西南天。行年過花甲，仰首無寸椽。聞言蘧然覺，自懺轉自憐。緘蒙炙輠口，寶君圭璧田。

題福蘭泉中丞異域竹枝詞

星弧教戰溯軒皇，曾譜金鐃奏白狼。今日快吟新樂府，勝聽長笛按伊涼。

雙雙鷺堠切雲高，露冕班春試彩毫。百首新詩千斛酒，官厨忙壓紫葡萄。

峩峩積雪擁天山，難得東風淑氣還。好把陽春當鄒律，垂楊緑過玉門關。

勅勒雄風數健兒，琵琶馬上訴哀絲。祇應貰取旗亭酒，賭唱黄河遠上詞。

山海夷堅誕不經，貞觀王會炫丹青。誰從月窟星源外，細數山川聚米形。

家住五湖東復東，蕢洲笛譜付漁童。那知草白雲黄地，也有風光度小紅。

重九登海天閣懷玉亭尚書

囊萸汎菊尠追陪，且向閒園步屧來。萬里賓鴻頻踏雪，九秋戲馬獨登臺。蠻天易動懷鄉思，小海偏慚作賦才。無限風霜感摇落，殘花猶自向人開。

征南才望擅能文，裘帶風流迥軼群。樓倚籌邊時嘯月，檄成磨盾氣凌雲。登臨想像籠紗遍，賓從招要落帽紛。自笑羈栖緣底事，强調蠻語作參軍。

碧嶢書院展楊升菴先生像

高橋即嶢橋，大似秦關路。橋上行人橋下莊，傳是逋臣結茅處。逋臣甲第冠西川，太保勛名一德宣。玉鼎調羹毗首輔，金鑾射策領群仙。豹房殂後龍孫重，渚虹瑞啓元妃夢。九廟烝嘗匕鬯新，濮議盈廷紛聚訟。手攜諫草撼宫鐶，泪血模糊杖血斑。九死孤臣投萬里，玉門那復許生還。邊陬風義崇師友，蘇門學士輝前後。青雲驥尾屬何人，吾宗亦有池南叟。爰開鹿洞擁皋比，幾輩名流許問奇。茶碾月團憮樣古，柑流霧髓噀香遲。醉舁籃輿花壓帽，白綾潑墨工調笑。入夢猶繙峋嶁文，欵門喜譜跟跫摻。零落丹鉛委宿塵，青閨錦字寄愁顰。瓣香禮罷添嗚咽，予亦天南放逐臣。

詠滇中食物四首

武侯昔南征，手誌茶山六。煌煌大樹封，一山最雄獨。銅鋒洎鐵碑，遺器侔寶玉。蠻陬山水頑，地盡轉清淑。方春凍蟄蘇，百枏綻林麓。始挺雀舌纖，俄駢鳥爪蹙。焙之復捶之，團團月盈掬。沃以百沸湯，味黮差同粥。消食嗛檳榔，利用齊菽粟。能辟溽暑蒸，兼祛瘴氛毒。雖乏龍鳳華，作貢詔州牧。京都貴游輩，餉客比醽醁。一笑故山春，盈甌雪花緑。

右普洱茶

漆園工寓言，朝菌昧昏曉。自來鄭王家，箋疏未能了。炎陬實孳生，如鳥拳其爪。或成螻蟻叢，百穴蠕蠕繞。每逢積雨餘，離離綴豐草。擷之旋芼之，蔬盤侑一飽。若加活火蒸，醲膏勝清醥。吾家中郎將，乘傳通嚴道。爲饕蒟醬鮮，頓俾邊氓擾。區區水草葅，貢函詎堪寶。鹽豉敵蓴羹，鄉心夢圓泖。

右雞㙡

溓窞宵中空，喻水瀦石竇。水自淵渟泓，石兼皺透瘦。嘉魚孕其間，濡沫承懸溜。首頒尾更莘，鮮腴溢膚腠。長林藏大鳥，豐草茁肥獸。飛潛理攸同，物性顯易究。緬維星火躔，天南本魚囿。春和澗壑融，令紀陟冰候。漁師工伺巧，密網①洞門湊。如投龍伯竿，千鱗罕一漏。蠻陬氣

① 網，原訛「綱」。

序温，入市取速售。如何寄食人，彈鋏歌忘陋。

右溓賔魚

黄雀誇家江，鐵雀擅京國。翳兹祝融區，微禽現火色。惜無翠錦紋，兼乏雲霄翮。秋深香稻登，餘粒啅狼籍。村童巧伺機，一網掩什伯。盈筐擔通衢，喚賣細論值。蕭蕭下邽門，張羅謝賓客。岌岌睢陽城，羸師抗强敵。吾今已賦閒，亭午炊烟寂。一雙侑盤餐，下箸情滋戚。何如縱之歸，銜環敢市德。起視冥鴻飛，何愁弋人弋。

右火雀

旅枕

旅枕不成寐，挑燈思惘然。休官如落第，中酒且逃禪。漫説貧非病，争禁夜似年。荒雞莫相攪，已擲祖生鞭。

擬滇中新樂府六首有序

金馬來

漢宣帝神爵元年，聞益州有碧雞、金馬之神，遣諫大夫王褒往祠之。

金馬來房星，睒睒騰龍媒。碧雞舞芭采，翩翩炫毛羽。不見城南金馬坊，于于冠蓋闐康莊；又不見城西碧雞嶺，屹屹雄關瞰閭井。公孫劉郎嗜學仙，枉遣詞客殉窮邊。吾聞金馬爲麟雞是鳳，盛世嘉祥宜作頌；又聞渥洼水、陳倉山，雄風邈矣誰能攀。

火把紅

漢元封間，楪榆有曼阿娜，爲裨將郭世宗所害，併欲得其妻阿南。南約以三事：一、設幕祭夫；一、焚夫故衣易新衣；一、令國人知郭以禮娶。皆如其言。六月二十五日，聚國人，張松幕，置火，火熾衣焚，南躍入死焉。國人以是日燃炬名弔阿南。又唐開元時，南詔欲併五詔，值星回節，召其主會飲松棚樓中。有鄧賧詔妻慈善止夫勿往，不聽，以鐵釧約夫臂。

比至，焚其樓，諸詔尋骸不獲，獨慈善以釧獲之。南詔異其慧，請幣聘，以葬夫爲詞。既葬，嬰城自守，南詔圍之三月。食盡，盛服端坐而死。南詔旌其城曰德源。今滇俗以六月二十四五日，斫松高丈餘，入夜燃之以照田祈年，相與剁生飲酒，名火把節。

火把紅，阿南颯颯吹悲風。火把碧，慈善幽幽沉毅魄。松幕焚夫衣，鐵釧約夫臂，昆池烈焰何代無，妾心之死矢靡二。燭龍韜光赤熛怒，百尺虬髯滃蒼霧。霓旌雲罕紛飄飖，仿佛前胥後種湧現錢塘潮。有酒斟盈觴，有牲剁成炙，花裙蠻女鞠跽前致詞：靈之來兮紛然而趨迓，照我南畝連西東。蚳蝝螟螣，一炬灰飛空。有黍彧彧禾芃芃，高廩萬石兼千鍾，靈之肸蠁億萬千禩無終窮。

轆角莊

唐閤羅鳳之女請自擇配，坐牛背，至委巷老嫗家，牛側角而入，遂嫁其子。鳳怒，絶之。後壻採樵得金磚，負歸，開金橋銀路迎。鳳歎曰：天婚也！名其地曰轆角莊，在大理府城南，言牛入巷，角如轆轤之轉云。

轆角轆角，牛背穩于舟，牛角森如矟。儂家黄犢角有捄，驅入委巷頻勾留。夭桃作花配穠李，三星在户歌綢繆。阿翁聞之怫然怒，落花茵溷那堪誤。白頭老嫗歎且嗔，且喚兒郎去采薪。

采薪去，露骭單衣祇疏布。采薪還，寶磚壓擔盈千鍰。洱河滸是恒河滸，誰道兒郎竟終窶。金橋銀路開山莊，榆城衢巷生輝光。乃翁迎門頓色喜，世情轉瞚區炎涼。馬相如，朱翁子，肉眼紛紛率如此。不見無終山下雍伯田，雙雙良璧生祥烟。

押不蘆

元梁王以宗室鎮善闡。明玉珍入寇，王奔威楚，總管段功自大理入援，并偵得玉珍母蜀中書，使員外郎楊淵海更其詞，令速歸。玉珍遂遁，王以女阿蓋妻功，留居善闡。夫人高氏自大理寄樂府促功歸，有「蜀錦半閒，鴛鴦獨宿」之句。旋有譖功於王者，王密召阿蓋，授以孔雀膽，令酖之，且曰：「猶有他平章，不失富貴也。」阿蓋泣受命，夜以情告功，願偕西歸。功曰：「吾有功爾家。吾趾蹶，爾父爲吾裹瘡。爾何言此？」三諫不聽。王邀功東寺演梵。至通濟橋，馬逸，使蕃將格殺之。阿蓋賦詩云：「吾家住在雁門深，一片閒雲到滇海。心懸明月照蒼天，青天不語今三載。欲隨明月到蒼山，誤我一生浪裹彩。吐嚕吐嚕段阿奴，施宗施秀同奴歹。雲片波潾不見人，押不蘆花顏色改。肉屏獨坐細思量，西山鐵立風瀟洒。」按蒙古語浪裹彩，錦被名；吐嚕，即可惜；歹，即可。押不蘆花，北方起死回生草名。肉屏，即駱駝背。鐵立，即松林。旋悲憤而卒。功有子名寶，女名羌奴，奴亦能詩，將適建昌黎氏，以繡旗遺寶，約東西會兵報仇。及寶襲總管職，玉珍復入寇。王乞師，寶絶之。明祖定鼎，歸欵。弟世權國事，爲傅友德所擒。

押不蘆，花半枯，猶有他平章，蚩蚩人盡夫。妾身皎如蒼山雪，妾心明於洱海月。昏夜拚將雀膽抛，狹路難禁馬蹄蹶。波瀁雲片光沉沉，西山鐵立風蕭森。吐嚕復吐嚕，誰爲表予心。撫孤兒，勗孝女，巾幗鬚眉總英武。雍容出閤遺繡旗，夫差敢忘越人殺而父。舊日文鴛記憶無，錦衾永夜感羇孤。夢魂仿佛歸來乎，九原可作歸來乎，靈草還求押不蘆。

寄回文

明楊升菴戍滇，夫人黄氏貽以織錦回文詩，先生和之，語甚哀艷。又先生與門人冷漢池夜話乏茗，乃出巨柑飲之，味甚美，名之曰香霧髓，作歌記之。又以白綾裓賜諸妓，酒後揮毫滿裙袖，蠻酋重價購之。

寄回文，文中錦彩何繽紛。開函不忍讀，哀怨詞云云。妾身在西蜀，緘愁寄南雲。南雲漫漫多瘴癘，蔄露連天罔開霽。猩猩啼兮狐夜嘷，虺蝮豺狼群宓厲。魑魅由來投四裔，君亦何爲久淹滯。勸君莫擘香霧柑，中有毒蠱藏金蠶。勸君莫題白綾裓，浪遣蠻姬窺醉墨。湯湯岷江水，千折通滇池。妾夢池邊月，問君知不知。

滇農樂

滇人呼水田爲簰田，山田爲梯田。

簰田腴，梯田槁，苗葉如焚本如埽。梯田沃，簰田淤，洪濤汎濫成沮洳。簰田濱海波瀺灂，梯田戴石多墝埆。居氓臨水或背山，邊陲生計良囏難。雨暘旱潦惟天予，障之瀦之亦奚補。吾思滇海宜倩精衛填，滇山宜倩愚公遷。高原下隰胥平平，各宅爾宅田爾田。五日一風十日雨，俾民有稻復有黍，滇農之樂樂如許。吁嗟乎，滇農之樂誠未央，官家下牒方催糧。

書譚學使許陳兩貞女紀略後

正氣卒巾幗，皎皎雙明珠。汝南暨太邱，志行差相符。許也字高閎，冰蘗矢勿渝。予爲志駢體，纂實詞非誣。陳也亦士族，張仲聯葭莩。行年甫及笄，君舅殊方殂。所天性純孝，尋骸歷崎嶇。相隨赴九泉，魂兮歸來乎。女聞遽長慟，血泪交模糊。甘心誓偕殉，垂絶驚來蘇。長跽啓雙親，兒今見星趨。登堂拜重慈，龍鍾逼桑榆。淩晨侍巾櫛，昏夜滌槭窬。煢煢徒壁立，儋石全無儲。紉針具甘旨，日旰忘飢劬。大府咸矜憐，清俸便蕃輸。矧逢採風使，古之譚大夫。瓣香紹宗風，沘筆砭頑懦。

倚松書屋偶題

虬松蔭晴空，其下構書屋。手植自何年，樹人同樹木①。
樹梢罥藤蘿，是一還是二。時吐花鮮紅，老幹添嫵媚。
蒼翠濃參天，那有微曦露。祇嫌雀糞零，巾袂時時汙。
賓從偶然集，圍棋趁燕閒。晝長聞落子，官廨儼深山。

敬題座主劉文清公清愛堂石刻用東坡墨妙亭詩韻帖爲洵芳少司農奉旨摹勒上石

鑾陬片石稀韓陵，瞥見墨寶榮光騰。雲霞萬態日五色，峙如鸞鵠攫如鷹。我師書訣出天授，

① 木，原訛「水」。

紙田筆耒森圭稜。遐搜晉唐洎漢魏，淄澠鑒别澄壺冰。中年通靈得妙悟，腕底疑有蛟龍憑。俗工塗鴉肉勝骨，先生一見應且憎。藝林競購等球璧，尺幅直可酬千繒。天瓶翁恨不並世，玉皇香案珍同登。要知筆正本心正，波磔幾見留丁朋。幾餘展玩廣傳播，詔鐫翠琬硾青藤。公之精靈在册府，藜輝一照懸傳燈。却憶西州策馬過，寢門淚雨紛沾膺。

玉亭尚書巡閱開化至迎岫塘遇瘴留宿侵曉遇雨瘴消啓行寄詩索和

公行雨師導，公宿山雲迎。隨車符吉語，瘴氛翕然清。我公按邊徼，一葉輕裝輕。猶復厘繹騷，駪駪戴星行。畇町古蠻邦，密箐叢叢生。堁風雜茵露，虺蜴蹤交縈。矧逢溽暑節，毒烟谷坑盈。地名大江邊，帶水虹腰横。涉江迺投宿，破夢輥雷聲。擺夷群抱馬，姑緩衝炎行。豈知至誠感，和甘洽輿情。瀟瀟響達旦，津淫遍勾萌。行衙浄如水，屏却羶薌烹。詰朝戒徒御，燠涼氣胥平。賤子曩攝郡，急裝連晦明。馬瘏僕亦痡，留題誌郵程。匆匆泥鴻爪，報最慚無成。雷門持布鼓，大叩容小鳴。竚宣中和樂，大慰睢盱情。

滇中士女自製土音名打草乾聲甚悽惋演二絶志之

打草乾兒草未乾，朝來草滿露珠溥。勸郎遮莫連番打，怕和霜砧起暮寒。

春風草長裙腰齊，秋風草枯霜露凄。勸郎打遍長堤草，莫使青青送馬蹄。

謫居三適用東坡韻

勞生鬢早衰，蹇命投巽宫。脆如霜殺草，皓如雪壓松。眷兹墨胎舊，血氣潛交通。一龕憩禪榻，揺颺茶烟風。況乃廢棄餘，纓弁捐重重。山雞愛其羽，野馬完其騣。冰壺鑒可數，金鎞刮差同。斷無垢膩積，那有蟣蝨逢。陽阿晞太遠，咄咄西臺翁。

右旦起理髮

官休萬慮休，常覺柳生肘。苦海付子虚，甜鄉問非有。矧逢炎景蒸，長日如年久。兀坐安我趺，誦偈合我手，嘘吸偶聞香，瞢騰疑中酒。蟻戰何嫌酣，龜息豈皆壽。祇覺空花空，甘成朽木朽。心齋儼若思，鼻觀虛能受。差欣蝶羽輕，頓洗鴛衾垢。嗒然詫三竿，陡射支離叟。

右午窓坐睡

足寒每傷心，堅卧蒙衾裯。矧逾杖鄉歲，跰蹮重煩憂。邊陬地卑濕，陰雨號鵂鶹。欲祛重膇疾，先懲宿垢留。爐有栗薪爆，鼎有松風颼。銅鐺大如斛，靈草傾筐投。弛我雙股幅，揎我雙臂韝。一濯瞳神炯，再濯背汗流。毒淫三舍避，癬疥兼旬瘳。好效赤腳蠻，登山捷于猴。

右夜卧濯足

明熹宗小斧歌

德陵負扆當沖年，茄花委鬼炎熏天。神器阽危太阿倒，區區藝事紛流傳。高皇手提三尺劍，劈正鋋銷局棋變。鐵牌懸禁肅宮闈，玉斧分疆卜清晏。奕葉雲礽①十五王，偭規改錯太披猖。

① 礽，原作「礽」。

袞闕祇因探巢卵，隊深大好捉迷藏。六州錯鑄何曾覺，繩墨重重手親娖。輸般有巧競稱奇，輪扁無權甘代斲。斲罷猶咨夜未央，載塗髹漆黝生光。幾輩清流付刀鋸，幾回上將缺銶斨。宦家年少耽游戲，國是全憑九千歲。生祠金碧遍寰區，月斧雲斤恣瑰麗。繼體桐珪卜再昌，靴刀五夜振乾綱。鉞威雖幸元凶翦，本撥俄驚國脈戕。二百年來剩遺器，大書深刻資强記。土花剥蝕感滄桑，墓門有棘爲誰刺。十三堂斧閟珠邱，弓劍魂歸罷月遊。惟有聖朝寬大詔，不教樵採犯松楸。

菜海子在省城西南隅

納流是名海，倒流是名滇。滇垣地多隙，百頃瀦成淵。夜郎輒自大，小海名流傳。白頭老漁父，投竿話當年。少誠洎元濟，世惡怙罔悛。倚海拓爲囿，亭臺蔚雲連。跨海搆爲橋，彩虹亘蜿蜒。中央築馳道，照耀桃花韉。渚禽皓羽潔，沼魚錦鱗鮮。勝日效横汾，歌吹喧樓船。一經天戈埽，金碧飛蒼烟。惟餘大圓鏡，澄波滙淪漣。邊人善牟利，結隊争漁畋。小艇①弋魴鯉，一葉憑洄沿。甘葅儘廣植，茭菰芋菱蓮。兼藝菘與韭，利兹灌溉便。如鱗復如罫，畇畇陌連阡。加以葑

① 艇，原訛「艇」。

根積，微流僅涓涓。與水争尺寸，滄海成桑田。此海遘何代，厥位坎與乾。天一實生水，射以離火躔。允宜斯文炳，巍科掇聯翩。其間卓著者，首數李（鶴峰中丞）與錢（南園廷尉）。奈何卅年來，渺若霄塗懸。公庭閴刀筆，私塾閴誦絃。將毋靈源涸，遂俾士習儇。士爲四民首，木鐸宜勤宣。學而優則仕，其忍遽舍旃。曷不浚使深，湯湯成巨川。泓然滙清淑，映月神珠圓。不見漢文翁，循良紀長編。敬諗採風使，蒙言然不然。

卷二

上元後三日集蕭雲巢明府寓齋

君挂湘帆來，兼攜酃渌酒。酒若化湘波，吸之不容口。别君俄二載，交君垂十年。在官陋官樣，青眼故依然。譽我梅花詞，貽我雲藍幅。三復清風生，名言霏屑玉。令節届收燈，招邀半冷朋。山肴腴且潔，爲施打包僧。庖似鄭公庖，僕擬蕭家僕。滿酌銀留犁，酡顔還果腹。歸路任瞢騰，寒衾忘擁冰。蘧然殘夢覺，衙鼓殷登登。

歸期屢阻賦以解悶

賈胡身世任招要，萬事都成鹿覆蕉。鱸鱠心知鄉味美，雁聲夢斷海天遥。匏餘苦葉還應繫，蓬逐驚風莫怨飄。羡煞浮屠戒三宿，穿雲飛錫逝超超。

宿大山丫

乍過大山凹，旋經大山丫。山凹已深阻，山丫更窊斜。一山二三里，一里四五叉。逢人訪前途，免回歧路車。蠻氓怖生客，走避如驚麏。怪石卧羊豕，巃劣兼硍硳。渾忘所歷高，腳底蒸紅霞。戍樓矗天半，朔氣催霜笳。

度拉幫坡

上坡傴而僂，下坡蹦而趺。輿丁苦相戒，下上態迴殊。男兒射桑蓬，昂藏七尺軀。不軒亦不輊，迺稱大丈夫。奈何逐波流，俯仰隨人趨。此坡號奇險，紀載登方輿。吾將訴真宰，鑱削成康衢。山靈聞應粲，傎哉子之迂。

至夜抵貴陽贈周肖濂太守

萬里孤篷一葉飛，圍爐情話倍依依。風濤撼耳君偏暇，霜雪盈頭我曰歸。馬倦長途宜小憩，人逢短至戀斜暉。蠻山如劍雲如墨，從此天涯問訊稀。

別飛雲洞

黔山饒洞天，飛雲勝尤獨。牟珠泊華嚴，分峙賺鼎足。景比三遊奇，名同三詔録。南遷逾十年，吟眺往而復。兹來策瘦笻，顧影轉滋恧。山靈應粲然，之子未免俗。迫欲驅之移，秦鞭施太酷。羡煞老頭陀，五夜懸燈宿。

下灘雜詩

溑溪沿流下，滿喜澄波平。誰知水石鬬，駭浪喧砰訇。虛舟指何處，處處聞灘聲。尻①前首反後，黄篾修蛇縈。如開五丁峽，倒拽相隨行。又如退飛鷁，動與長風迎。稍縱即云逝，一瞚蛟涎傾。猛殊縋城武，怯疑觀井彭。迺知涉川險，孰若利永貞。

灘淺舟屢膠，水清石可數。矧逢九九辰，陰霾翳寒沍。夕宿侵嚴霜，晨興蒙凇霧。亭午暘光穿，熹微辨沙步。正擬晾征袍，短晷俄焉暮。漉純碎月流，羅羅衆星布。孤鴻何方來，將毋故鄉路。忽趁朔風投，蘆花最深處。

巒山少平衍，寥落居人家。編茅兼疊板，葺宇江之涯。江流澈見底，粼粼石填沙。瘠難藝薑芋②，清不容魚蝦。掇石壘成堰，縱横勢窊斜。周遭八九丈，瀦水成深窪。藉以資灌溉，碓輪轉咿啞。邊氓善生計，力田固堪嘉。機心多機事，此俗良可嗟。

---

① 尻，原訛「尻」。

② 芋，原訛「宇」。

波平雙槳揮，波洶衆篙指。石堅篙半裂，石怒篙全委。轟轟數鶩卵，頓折千鸞尾。亂眼如蜂窠，依然森齒齒。兩勁必兩傷，何苦争搪抵。鏘然金石鳴，非宫亦非徵。縱殊魚山秃，頗洗筝笛耳。犖确相舂撞，坡詩盡之矣。

下清浪灘謁伏波將軍廟

山程要度文德關，水程要度清浪灘。南遷十載三往還，灘聲終古流潺湲。入冬灘高水更悍，亂石如劍鋒交攢。神祠巍然矗天半，雲旗颯沓霜風寒。神之元氣遍九寰，神之英靈鎮百蠻。廊腰穹碑屭贔渤，殿角銅鼓鼉①魚斑。入門瓣香肅展拜，祇籲萬里歸舟安。刑牲酹酒擲杯珓，道人傳語神胥歡。俄焉解維打急槳，柁樓噴雪號驚湍。九淵忽臨九陔躡，四圍崖谷摇闌干。浪花濺珠入窗隙，怒馬一瞬超層巒。榜人鼓掌賀出險，俯仰陡覺豁懷寬。豈知痛定轉思痛，湩僕相對翻愁顔。澤車款段儘樂耳，問余何苦爲其難。波濤雖仗忠信涉，神之鑒佑詎稍慳。徐看歸鴉銜夕照，數行墨點紛飛翾。

① 鼉，原訛「鼃」。

自沅州至長沙口占

黔江西接楚江流，鷺堠雙雙記客郵。灘石如林波似箭，忙催打槳下沅州。

銅槽鐵鐧浪花腥，回首千峰接玉屏。贏得句來冬潦減，一篙撐過滿天星。銅槽、鐵鐧、滿天星，皆灘名。

高下灘名記得無，小鵝險較大鵝殊。誰人翦作東吴絹，寫遍瀟湘八景圖。

對面長繩百尺牽，聯行五體苦攣拳。勸君相見休相訝，儂亦曾經上水船。

伏波帳前爐火䨓，甘寧廟口霜柯圍。雲旗颯沓銅鼓鬧，時有神鴉接飯飛。

修竹斑斑淚萬行，逐臣終古弔沉湘。懷沙哀怨長沙哭，不聽猿聲也斷腸。

自渌口上灘至萍鄉

行路難如此，吾今安所如。巖深疑有虎，石出斷無魚。濁酒長瓶倒，寒燈短髩疎。暝投何處宿，王右丞句。遠火辨沙墟。

醴陵遇雪

黄紬殘夢醒，篷背響騷屑。傔從窘江寒，堅卧如避雪。推篷一彌望，天花影明滅。漁舟箬笠攲，酒肆帘竿折。欲吟恐斷髯，欲語苦撟舌。楚江行垂盡，羈心感暮節。幸有酒盈尊，頻澆漸回熱。

凌晨朔風勁，雪色增迷漫。群山獻瓊瑶，粉本浮雲端。亟催長年老，連篙越飛湍。冰堅篙柄滑，五體愁蹣跚。短衣不掩骭，見我頻號寒。念彼亦人子，聞聲心爲酸。不如占繫柅，止止姑稍安。

壩水行

周官稻人司水利，以瀦蓄水職掌專。葵邱載書命有五，曲防厲禁盟壇懸。蒸湘澬源訖東北，井谷一綫微流涓。滃然溢出不稍貯，西江涸轍嗟誰憐。楚傖機心牟利權，障之遏之巧且儇。以木伐土出土策，牛腰十圍麄且堅。周遭縱横儼列寨，纍纍巨石根牢填。椿高縫密等錮鐵，斗門中鬭形呀然。旁參飛輪肖規圓，胡琴秦箏沸繁絃。當心受軸作左旋，連筒活水明珠濺。筒俯入水鯨吸川，筒昂出水蛟噴涎。盛以修筧涵以甃，用溉萬頃畇畇田。甌窶汙邪歲十千，儘釀紫糯炊紅鮮。計程二百有四十，百六十壩亘亥延。分明一壩距一尺，何殊九隊攀九天。南來賈舶日日集，舍卻帆櫓停扣船。長繩短柱互鈎帶，首尾續續蟬聯蟬。同幫同命心力協，拐子馬勢衝無前。一夫周呼百夫應，登城競敚蝥弧先。脱然失勢陡一落，那有片板容瓦全。居者壅利行者困，此事豈曰無頗偏。壩之錫名近乎霸，譎觚私智争相沿。安得老龍一口吸，永俾商旅趨安便。不見淮堰宣防待茭楗，太府百萬縻金錢。

自蘆溪放船至樟樹鎮口占

蘆溪溪市枕溪濱，市主相看是故人。一十年前三宿地，踏陳陳跡未全湮。

小船駁載到袁江，江淺灘高碎石撞。贏得歸裝空長物，無多吟卷倚篷窗。

列壩奔流下瀨難，榜人拍手慶平安。江湖到處風濤險，猶勝南安十八灘。

萬樹棕櫚緑影肥，慣饕雪片耐霜威。憐他山野蓬鬆質，也與朱門作去聲地衣。

雙橋濫費水衡錢，遺愛維桑萬口傳。好比鑽籬趙師睪，頌聲偏在甬江邊。

唐賢遺搆玉犀翹，改作宫牆數仞標。夜静江喧人語寂，如揮麈尾聽談潮。盧肇宅在臨江，今改作郡庠，内有石筍一株。

登壇一誓埽欃槍，大樹靈風鬱古樟。猶記南遷尋勝迹，頹垣破驛弔龍場。

山扨雪化澗波傾，放溜如凫一葉輕。春水方生公好去，紫髯佳話是先聲。

南昌口號

吏隱宜學梅子真，近遊宜師宗少文。廬山一角青在眼，便騎白鹿招匡君。

宫亭湖鴉啞啞鳴，湖心廟火通宵明。來朝竚劈風南北，穩送儂船下水行。

瑞洪鎮雨泊

喧喧拍波湖雁飛，潑潑躍網湖魚肥。櫓聲伊鴉忙薄岸，沙墟暝黑烟火微。客冬衝寒賦旋歸，漫天雨雪飄征衣。孤舟游洄下復上，榜人告勞僕告飢。竭來九九序垂盡，朔風烈烈張餘威。家江東望春信早，何時輟棹尋柴扉。墟邊叢祠烟火翡，亟籲神力開晴暉。鎮有鼋將軍廟。

廣信道中

蘸波堤柳緑陰勻，岸草芊眠翠作茵。山近浙東纔入畫，人歸江左恰逢春。徐看初日明沙步，倦聽飛流響釣輪。自笑生涯行處阻，轉憑逆水拯枯鱗。

夜阻九靈灘

層崖攝江湍，疏遂始何代。江涸羅長灘，湍洄擁列碓。連連帆楫經，下上咸障礙。我來宵氣昏，星月隱茫昧。俄焉急雨飄，乘風戛篷背。灘聲雜風聲，聒耳殷澎湃。鄰舟如蜂屯，邪許亦云憊。吾舟占繫柅，寸步甘鷁退。去住付兩忘，夷險祇一槩。嗤彼競進徒，先登毋乃隘。

曉渡七里瀧

下瀧籲長風，舟諺何時始。浪遊愛看山，遲速皆可喜。長年貪曉程，衝寒催伴起。時逢積雨晴，巖霧滴如洸。一痕殘月光，濕翠漏篷底。有如裹繭蠶，眠入空青裏。試問大癡翁，可能畫到此。蘧然短夢醒，伊鴉聲澈耳。山市日漸高，沿緣未云已。

江山船竹枝詞

儂船下水打槳前，鄰船上水長繩牽。繩長只怕中流斷，何如細槳軟於綿。
蘭溪溪水是蘭湯，釀作香醪琥珀光。更切銀絲和金炙，勸郎下箸替郎嘗。
嚴灘烏柏子如星，揉作千枝絳蠟熒。蠟淚報愁花報喜，更愁烏柏鳥名喚郎醒。
江城蠶户繭如雲，織得綢綾五彩紋。彩綢花細作郎襖，彩綾花燦作儂裙。
雞唱沙頭睡起遲，江波如鏡理烏絲。半彎擬學春山樣，姑煞山村叫畫眉。
生男襁褓啼呱呱，生女扶牀雙髻丫。女大炊粱男掌柁，白頭夫壻穩浮家。

五禽言

布穀布穀，穀瓣分，穀雨足。閣閣者蛙滑滑犢，浹辰瞥見秧針緑。東家沃田畝十斛，西家瘠田井稅輸不足，爾烏遮莫啄我粟。

救火救火，火氣消，霧氣鎖。連旬積雨愁無那，不愁鄰巢濕，只愁儂巢墮。巢既墮兮去莫歸，好隨伯勞燕子東西飛。

撥開窠矖，雨苦綿，巢苦隘。難得金烏踆，今朝快晴快。爾雌蚤晚歸來乎，予口瘏兮予羽鎩。

姑惡姑惡，婦勃谿，姑不惡。子規啼斑斑，精衞填漠漠。東家池上生慈姑，亭亭翠葉貼素波。儂家煮豆工瞞婆，婆餅焦兮奈若何。

醬瓜蒂根吃麥粥，粥既香，瓜又熟。夏田刈麥，麥穗飄滿畦。秋田摘瓜，瓜蔓踰我屋。睡到日三竿，一甌果我腹，不見朱門幾輩列鼎饜粱①肉。

三十二相古梅軒賞梅歌有序

南橋明行寺後殿塑大士三十二相，殿前植梅數適相符。雨中同人宴賞，作歌紀之。

大千明滅色相空，只有空花現彈指。拈花一笑花解顏，似爲迦蘭証歡喜。花身恰與佛身符，

① 粱，原訛「梁」。

印可聊須答如是。東坡句。百五佳辰景漸闌，廿四信風吹乍始。羲爻半扐參天心，雲臺畫像差堪擬。樓村殿撰好夢圓，十三株渲雲藍紙。更憶探芳到古滇，林一居然老坡比。何如初地試寒香，優鉢曇華浄無滓。雪壓晨鷩凍雀翻，參橫宵訝獰龍起。轉愁絲雨漬沉緜，滿院白雲化爲水。吾今犯曉剪江來，馬當風送輕帆駛。是日順風渡浦，得與雅集。問花無語祇自憐，别來三十三年矣。

謁陳夏二公祠

照耀褒忠典，升香廟貌新。表虚劉越石，哀比楚靈均。社結清流日，禪栖歷刧身。文章本忠孝，蹈海爲成仁。

一旅消殘局，侯黄仗義同。銀濤翻小海，碧血耿長虹。巾幗披緇苦，門庭破卵凶。載吟哀郢賦，想像國殤雄。

蘭菊分諏吉，蘋蘩特告虔。地同孤島峙，山訝九疑連。列廨陪升祔，虚亭志集賢。浪遊來太晚，瞻拜一瞿然。

香山老司寇，湖海唱宗風。述庵先生。更有元龍裔，後先豪氣同。桂堂太守。枌榆皆慕義，楹桷迅鼇工。待表松楸道，高吟鶴唳空。

題葉孝婦鼓瑟樓稿

夫抱疴，婦刺血，血盡豪枯夫永訣。姑患盲，婦奮舌，舌敝脣焦盲頓澈。箋天籲天天不膺，崩城一慟悲填膺。煢煢俯仰事兼育，寸心飲遍冰壺冰。祖全忠，孫全孝，孝婦爲葉忠節公曾孫女。文采清門尚名教。石筍街前勁節傳，寶雲寺左巍坊耀。錦瑟絃摧愴斷雲，一彈再鼓淚紛紛。開函試讀離鸞操，左鮑才華何足云。

讀前漢書

綺皓翼鴻鵠，神芝委荒榛。人彘既罹虐，野雞遂司晨。千秋善悟主，猶假高廟神。封侯年及耄，小車曳輕輪。何如博陽侯，心惻皇曾孫。乳哺曁醫藥，謁者已到門。抗詞拒勿納，天意回九閽。一朝冠石立，緘口晦舊恩。讓功胡與郭，加紼封生存。爲政務寬大，任吏汙車茵。紛紛赤白囊，烽烟擾邊屯。士各有所長，具對稱知人。嗤彼僥倖徒，齪齪豈其倫。

曹邱揚季布，季布疑曹邱。將軍有揖客，顧猶不重丕。魏勃趨相門。郤埽何傴僂。灌夫醉罵坐，豈爲臨汝侯。故人半膝席，此事良悠悠。誰署下邽門，貴賤嗤交遊。君何見之晚，一語空千秋。死灰如復然，溺之夫奚尤。

枚叔工直諫，去吳乃遊粱。生兒昧經術，作賦同俳倡。祇憑速勝遲，貴幸儕歐陽。何如倦遊人，上書戒垂堂。誰知失意時，援琴賦求凰。人夢兆蟛蜞，列肆典鷫鷞。一朝擁傳車，負囊耀輝光。追思題橋日，凌雲意飛揚。大夫遭坎壈，拓落庸何傷。只有長沙傅，投書弔沉湘。

鄭莊善推轂，置驛馳駪駪。千里不齎糧，物望孚群倫。菑川牧豕兒，內深而外仁。行年及耆耄，作相封平津。峩峩東閣開，欵士何諄殷。布被脫粟飯，處貴偏能貧。祇願逢惡賓，不願逢故人。惡賓本不惡，趨風拜車塵。故人每挾故，肝膽輸輪囷。猶有賀屈氂，馬廄塡荊榛。納履與結襪，古義君休陳。

嚴助守會稽，衣錦詔晝行。爲償友壻辱，豈徒厭承明。故夫同敝屣，薪擔懵歌聲。播間適邂逅，猶分杯與羹。云胡後車載，畢命青絲繩。敝衣懷印綬，故人漫相輕。俄焉疾呼走，廄吏紛來迎。主父躡四遷，逆施太縱橫。一揮金五百，憤氣彌塡膺。生不五鼎食，死即五鼎烹。男兒矜驟貴，何殊朝槿榮。不見東陵侯，種瓜轉揚名。

茂陵優從臣，割肉答東方。飽死羨侏儒，勉餐粟一囊。誰知宣室宴，執戟訶當堂。彼美綠韝兒，瑟縮氣不揚。朱游折五鹿，求見請尚方。願從龍比遊，折檻氣激昂。不疑冠進賢，排繫嚴風霜。晚辭博陸昏，鏡機越尋常。仙尉捐妻子，市門姓名藏。丈夫丁未季，進退夫何常。進爲百鍊剛，退即千仞翔。侯家私人子，貴顯舅與甥。提兵度絶漠，電埽犁王庭。登封狼居胥，萬里開長城。爲家肖祁連，銘勛冠西京。隴西有將種，猿臂誇威名。倘遇高皇帝，侯封亞韓彭。如何厄數奇，百戰功無成。對簿遽引刃，聞者涕縱横。時來天幸集，時去醉尉輕。不如屏居樂，射虎右北平。

香以薰自燒，膏以明自煎。龔生壽及耄，豈反夭天年。及身加印綬，涕泗垂漣漣。還有張孔輩，經術敷便便。萬乘自臨幸，乳臭垂貂蟬。手扶靈壽杖，執紼哀音闐。一以媚王根，一以拜董賢。九京愧王鮑，重堂耀崇宣。千秋卒定論，青史汙誰湔。不如投閣者，寂漠守太玄。

讀後漢書

伯升起舂陵，傾財決大計。何來絳衣冠，長厚惟予季。誰歟代埽除，騃童逞猜忌。迨膺赤伏符，鮪軼咸心悸。兄仇不反兵，翻指河水誓。大業若早成，將母紾兄臂。心跡兩昭然，春秋貴誅意。不見小秦王，彎弧射同氣。藝祖披黄袍，一傳讓光義。燭影斧傳聲，疑案湘僧記。姦檜能格天，臣姪主和義。二聖若生還，陛下置何地。只因鑒前車，枕席涕痕漬。偵哉大樹公，諄諄爲寬譬。

仲華二十四，雲臺紀元功。一門三尚主，族冠東京東。功成還印綬，處貴心彌盅。後來竇梁輩，椒庭閃隆隆。遠援少君系，河西首雲從。大義絶隗囂，優詔褒安豐。延及穆勳裔，炙手薰蒼穹。勒銘燕然山，絶漠徒興戎。伯孫奉車貴，下牀拜扶風。酒生跋扈孽，禍比共驩凶。怒豺目矘眄，墮馬腰玲瓏。誰知齧臂盟，心丹血流紅。婦孺盡駢首，朝宁爲空空。兩家曩搆隙，宫寢紛内訌。日南九真閒，推刃俄相逢。不見陰樊氏，侍盈矢温恭。

馬服號知兵，遺書得繩武。遨遊二帝閒，恢廓傾真主。心嗤交讓冠，口唾守錢虜。聚米指掌閒，談笑無險阻。既翦先零羌，復奠駱蠻圉。下瀨犯毒淫，死亡十四五。驚心墮水鳶，回思少游語。奈何復據鞍，自壯徒自苦。既憎長者兒，又效賈胡賈。曳足瞰賊巢，全軍淚如雨。珠犀載盈車，誰開天聽蠱。吾行壺頭鬭，瓣香叩銅鼓。想當厄隘時，穿山憚煩暑。末路困英雄，馬革屍誰撫。朱勃雖卑卑，九原悔輕侮。

叔皮糾子長，草創親削牘。迴翔隗竇閒，著論規隴蜀。誕生兩名駒，後先奮高躅。東平閣延登，蘭臺史重續。史才兼賦才，選樓冠篇目。只因厭郎潛，賓戲等炙轂。躁進參戎機，有慚葵衞足。何如投筆才，書傭屏勿録。英英燕頷姿，萬里飛食肉。昏夜燒虜廷，練士祇六六。忠信孚豚魚，嗚嗚抱馬哭。垂老入玉門，餘威駴殊俗。追維圖讖興，早赴都船獄。詣闕馳上書，迺免搒答酷。太息蔡中郎，甘心黥則辱。

吾憐馮敬通，依劉太晚矣。結交兩陰侯，論者群相詆。空言等懸河，歿身錮田里。咄咄悍妻威，弱息儕奴婢。誰知中興朝，釣徒友天子。帝座星搖搖，膝加不違咫。吏術方刻深，淵墜須臾耳。狂奴態依然，何爲相助理。心儀仙尉翁，辭官如脱屣。至今桐江濱，水清石齒齒。周黨暨逢萌，高蹤庶堪擬。還有高敬公，清風扇江水。

伯始敦中庸，萬事問能了。頹俗藉紀綱，儼樹百僚表。閹豎燄方張，姻婭期式好。補闕功誠多，蹇直風卒少。同時文淵裔，頌言富才藻。忤竇復忤梁，立志塗肝腦。誰知晚節隳，迺效巧宦巧。太尉柱擎天，手屬彈章稾。季直如有靈，九京愁如擣。遺種遍垓埏，窮奇出蠻徼。顛覆小朝廷，錫名曰瑶草。君看傴僂塲，檻車縶羸老。笙歌當陽秋，聽者忘昏曉。髣髴絳帷開，滿堂笛聲繞。

踽踽逢掖士，倒屣趨迎門。貲郎遽典郡，食雁宜遭嗔。維時尚風節，清議規群倫。施及顧厨輩，黨禍延冠紳。元禮寔渠魁，龍門抗嶙峋。破壁藏誼士，破柱搜椓①人。俄而一網打，未減輸鬼薪。已囊孟博頭，猶墊林宗巾。何如林慮治，炭烟毁形神。何如芒碭傭，倚樹栖閒身。猶遜牛醫兒，千頃波粼粼。豫章暨太原，高誼尤絶塵。管邴遁遼海，語默理維均。時泰竹梧植，時屯蘭

① 椓，原訛「椓」。

蕙焚。耿直道斯見，明哲身乃存。不軒亦不輊，聊用葆我真。

本初飾寬大，豈能釋田豐。雍邱圍孔亟，頓兵絶臧洪。觀答孔璋書，血淚悲填胸。義士重同仇，從亡得陳容。一日戕二烈，宜哉覯凶終。豫讓感知己，懷刃塗趙宫。欒布哭彭越，脂習撫孔融。向雄末吏耳，先後忠王鍾。自來俠丈夫，致命甘相從。不見田横島，東海餘英風。

立夏山曉閣看花次謝樹廷韻

信步尋芳去，園扉晝不扃。入林花壓帽，捲幔鳥驚鈴。曾陟看山閣，丁未歲曾遊此。宜標問字亭。閣爲東墅師談經處。深談頻啜茗，往事劇堪聽。

聞龔生綬館選志喜

昆明人。受知於伯玉亭制府。年十四登賢書，十八成進士。

官齋問字記三年，一紙書名萬里傳。藻譽早騰金馬駿，筍班遽附玉堂仙。居依朱邸揚名易，時下榻制府邸第。山接烏蠻擢秀偏。想像瓊林開廣宴，杏花紅襯緑袍妍。

王褒盛覽嗣宗風，説項殷拳仗鉅公。折屐何妨嘲謝傅，棄繻豈必效終童。詞林掌故從頭記，官樣文章脱手工。望望蓬萊天尺咫，待傳遠訊起衰翁。

梅花庵弔吴仲圭墓

童然短碣峙荒塋，古刹殘鐘夕照冥。長伴梅花邀夜月，不教杜宇哭冬青。名同瘦島誰傳鉢，吏是迂倪特置亭。爲語摸金諸校尉，高人蜕骨久通靈。

題張鴻友倪扶九遺詩

同作天南萬里行，摩抄吟卷不勝情。山川氣象登臨遍，誰道歸裝落葉輕。「别一山川氣象新」，鴻友題畫贈漁洋尚書句也。

一邱一壑妙通靈，縑素流傳跡半零。不遇漁洋老詞伯，肯揩倦眼寫丹青。

蜕翁結習近迂倪，石礩村荒剩斷碑。除卻清河賢節使，更無人贈草堂貲。

老傖宦跡大披猖，垂老間關入瘴鄉。强爲前賢分鼎足，只應撿點舊詩囊。

卷三

登烟雨樓

湖波蘸柳碧於油，好纜蜻蛉一葉舟。似有鰲身擎小島，可無鴛侶戲中流。景開遠曠差宜夏，客豈神仙也好樓。試補江南青一髮，和烟和雨點浮漚。

烟雨樓翫月

烟雨空如許，湖天月滿樓。美人開匣鏡，永夕捲簾鉤。宿鷺眠初熟，驚烏唬乍休。回橈殘漏轉，猶聽采菱謳。

南湖種菱行

秀州城南俯瞰湖，湖干高下攢沙墟。以湖爲田廣蒔菽，非藕非芡非雕胡。維蕨欙名著爾雅，二三四角形模殊。物土之宜布其利，塗泥自昔數上腴。脩絙延緜作鈎帶，似種瓜芋分畤區。花如圓冰葉如月，垂垂巨實聯花跗。槲頭艇子競采采，筠籃喚賣聲填衢。長筵召客手先剥，浄於雪玉瑩於珠。銅鐺松枝趁活火，沁齒彌覺清芬敷。吾聞西京紀循吏，買牛賢守務蓄儲。菱田日拓葑田罄，芙蓉堤畔祠髯蘇。因思吳越祇帶水，奈何坐視桑田枯。海亹驚潮挾沙走，俄頃潮縮沙停淤。長帆短櫂並束手，淹泊往往經朝晡。還愁赤熛奮赫怒，萬井一炬嗟何辜。間聞畺吏議疏瀹，金錢千百填胥徒。曲突徙薪計未晚，曷弗遷地規良圖。老饕竊爲桑梓計，借箸聊獻愚夫愚。香山角童縱難致，姑嚼菱米輸菱租。吾歌未闋菱歌續，拍拍驚起眠沙鳧。

倦圃感曹秋岳先生先生裔孫僑寓松江，窶甚。

楊柳灣深占地偏，倦翁倦圃共流傳。勝分放鶴沙洲景，圖展飛狐夜雪天。北海尊罍陳往日，西華葛練度殘年。公歸縱使心如訴，訴到憐才也自憐。

遊真如寺

菱灣沿幾曲，艤棹叩精廬。向夕風播動，凌秋月殿虛。仁王留慧業，密諦闡真如。忽聽霜鯨吼，琅然似起予。

客有自烏鎮歸訪洪昉思墮水事者感賦

水村如帶艤輕輪，爲弔煩冤薦白蘋。得罪差同蘇長史，招魂難返楚靈均。似聞孤鶩傳遺唱，可有長鯨示化身。想像蘆花最深處，江昏月暗閃青燐。

竿木逢場事等嬉，青天碧海寫情癡。肥環妝就嬌誰偶，瘦島吟成數自奇。身後遺聞猶籍籍，狂來醉舞太傲傲。霓裳一曲成千古，或上璚樓駕六螭。

濬渠歎

清潮漲，渾潮伏，一石流涓涓，五斗泥漉漉。舟航曷以濟，秔稻曷以熟。河干鱗鱗萬家屋，刼灰早晚防回禄。勸農使者今召父，椿木丁丁壩新築。

朔風吹起雲頭黑，瑟瑟淫霖浹昕夕。雲黑猶尚可，淫霖悵安極。壩外潮半篙，壩内波千尺，畚鍤何由鼓群力。官令檸水需水車，亟呼里正徵農家。

擁蓋者誰子，里正横遭鞭。農家製車藉灌田，官賃合索青蚨千。鞭餘且强步，比户忙攤錢。去秋無禾釜久懸，今年菜麥萎荒阡。冬糧乍輸夏税連，爾民一任官家朘。

春仲築壩，夏仲濬渠。穀雨早過芒種迫，南畝何處招丁夫。夫錢纍纍庋①高閣，膏血全填吏胥壑。妓樓酒肆姑行樂，明年又見西江涸。

① 庋，原訛「度」。

臂病

賈生策建侯，臂指勢聯屬。漆園工寓言，鼠肝喻同族。浮生可憐蟲，運掉任所欲。如何錮陰寒，尺寸等槁木。下箸苦凌兢，揮翰滋踡跼。欠伸礙襟裾，轉側困衾裯。自惟筋太勞，元氣耗血肉。上藥投益頑，神鍼效難速。倘遭鄰翁攘，雞肋定摧辱。枉期高人把，辜負深林竹。羨煞飛將軍，没石誇利鏃。螳螂爾何能，妄想當車軸。三公貴罕倫，休冀非分福。莫效新豐翁，爲犯瘴鄉毒。莫誇三折良，未展桐君録。待化庭松身，夜叉駭人目。

和百菊溪宫保平海詩八首

神兵捲甲迅於雷，寬網依然三面開。真挽滄波安地軸，定占列宿應天魁。雍容裘帶行營至，絡繹金鐃奏凱回。多少蠻酋齊額手，歡聲争道令公來。

厓門屹立峙天涯，嚄唶元戎驟復馳。若使同仇齊裂眥，定教異種不留皮。焚林智絀逃毚兔，煮海謀疎剩伏螭。重整鼓旗新壁壘，瀰絃特地改張之。

虎門集議笑懸河，慷慨登壇比爾戈。往事痛懲猿化鶴，新營重列鸛連鵝。望洋扼要先防軼，驚帳流言漫聽訛。成事在謀謀在斷，何殊巨壁寫降魔。

幕燕將傾尚啄泥，魚鹽出没令嚴稽。只看爨火連朝斷，那許舂糧越宿齎。乞命儼同猿抱木，推誠豈止鱷離溪。三通漏鼓千行墨，嘯月心輕謝鎮西。

誓擒首惡貸餘生，下瀨戈船縱復横。信格豚魚安反側，恩孚螻蟻荷生成。風清璠島全消瘴，雨兆金穰爲洗兵。從此邊氓開夜户，宵分那有吠尨驚。

手提長劍戳封嵎，籌筆威名著簡書。方叔陳師猷倍壯，條侯卧壁計寧疎。庭編寶埒晨調馬，案擁明燈夜藝魚。自草封章引僚屬，大功大美幾曾居。

宫銜照耀彩翎新，恩綍星馳驛路塵。帝語如春長錫福，臣心似水祇勤民。從頭骫骳嚴澄汰，到眼瘡痍亟拊循。姚宋經綸范韓績，中朝比擬更何人。

平生肉食每懷慚，投筆從戎術未諳。魏國長城方重倚，晉公行幕幾曾參。芾棠舊澤人争羡，噉荔新吟我亦貪。總爲嚴疆厪睿慮，嶺南移節到江南。

宮保河防底績巡閱海疆再疊前韻

禹門三級殷轟雷，直到揚州九曲開。驟漲真疑龍捲壑，安瀾每待蟹朝魁。輓銅官吏行旋阻，漕粟帆檣往復迴。不是名賢籌浩瀚，澤鴻那得賦歸來。

曠蕩雲梯拓海涯，清黃滙處馬銜馳。屢驚萬竈沈魚腹，只恐兼金當鹿皮。戹漏連年填壑谷，箭飛一任走蛟螭。躬膺盤錯勞咨度，撮土涓流翕受之。

偃虹一桁障洪河，文吏搴茭武荷戈。覆簣成山防穴蟻，趁晴連日禁刑鵝。九年終見堯封乂，三策誰云賈讓訛。從此陽侯昭順軌，巫支祁只小妖魔。

自來淮海土塗泥，積潬堙塡斗石稽。億萬金錢滋慮溢，九重珪幣肅親齎。酬庸幾輩榮增袞，懲蠹何嫌罰似溪。想像公忠儲夙抱，十年前鎮夜郎西。

芒碭雲隨雪浪生，疆連兗豫勢縱橫。不經上智從心度，那得神工信手成。定卜長洪秋斂壑，何須武衛夜呼兵。用東坡守徐州事。李樓合並黃樓築，好句流傳萬口驚。

棨戟高閎宅近嵎，公邸第在東城。充閭喜報五雲書。祇緣天上榮光炳，轉覺人間問訊疎。肇錫嘉名符彩鷟，載頒章服燦緋魚。將來環延同朝日，長祝期頤侍起居。

峰泖緜延氣象新，層霄牙纛盼清塵。瞻言負海襟江地，快覩扶藜跨竹民。察吏威稜崇嶽嶽，憐才欵語導循循。更詢往日談經侶，特選屏間射雀人。華亭李孝廉深源，三十年前曾館於公京邸。身後一女，未字。今巡閱到松，命屬吏爲擇配，兼贈奩資。

琱弓脱手兆星𣊟，征虜歌壺節最諳。筦鑰故應資寇準，讓堂豈必效曹參。帶裘標度彌徵雅，竹水關心詎覺貪。擬譜雅章勒圭瓚，天教召虎鎮淮南。

周希甫太守共事黔幕已十四年矣今需次江南來權松郡撫今追昔贈詩四章

一官如梗泛何之，意外相逢感鬢絲。節府襄勞驚化鶴，瘴鄉話別悵歌驪。浮蹤偶集蓮花幕，夙抱應懷藥樹枝。誰道貧來乞符竹，而今清吏畏人知。

直道如弦古性情，掀髯每聽不平鳴。已經積羽沉舟厄，遮莫驅車折坂行。吹笛調高聲易裂，彈棋局緊勢防傾。自惟飽閱風濤險，到岸回頭轉自驚。

十四年前同隊魚，試論往事輒欷歔。拙謀自守鳩巢濕，狡技誰營兔窟虛。上考聲華聞帝座，周肖濂太守。孤魂杳渺□①僧廬。惲星階司馬。玉關生入良多幸，懶駕鄉園下澤車。

宣房茭楗績初成，捧檄旋爲海上行。真見隨車飛澍雨，更欣按部趁新晴。充囊賸有看山句，走隸争高飲水名。要識傳家舊清白，膝前雙鳳早蜚聲。

將之皖城取道崑山常熟宜興溧陽過東壩由高淳至蕪湖出江大半遊跡所未經率成八律

亦知衰已甚，其奈迫飢驅。且倚孤笻健，曾經萬里扶。空囊累親串，令節負妻孥。時近中秋。風露朝來緊，休期病體疎。

九峰青乍了，一角玉山横。湖勢縈如帶，山光蓊滿城。人誇珂里勝，吾愛草堂名。吟社何人續，遐哉顧阿瑛。

故人曩招隱，竹橋祠部。云住小湖田。兹覽名園勝，從知令子賢。亭臺絢金碧，林壑富雲烟。浹月期重訪，霜楓景爛然。

---

① 原字不清。

輕帆入西氿，愁絶雨如塵。山翠成離墨，湖光漾濕銀。珠餐溪稻美，「陽羨溪頭米勝珠」，東坡句也。銚瀹岕茶新。玉局田何處，無由薦渚蘋。

棹入洮湖涘，名流跡半殘。投餐風尚古，作尉句應寒。沙汩押金瀨，池荒鬬鴨闌。惟餘烟水勝，大好理漁竿。

舍筏連登岸，塵蹤敢憚勞。折腰争縴縴，啣尾互撑篙。地入中江古，隄憑錮鐵牢。市聲頻聒耳，齪齪算錢刀。

高淳稱小邑，岸轉即長橋。只有魚波合，曾無雉堞標。湖寬多受月，江近曲通潮。試上僧樓望，空空色相超。縣南有水月閣，可眺望。

江關枕江郭，關吏恣牢搜。若輩饞如虎，吾行散似鷗。風濤曾北上，甲子歲運銅曾泊三日。水月自東流。莫犯浮屠戒，重爲信宿留。

板子磯

孤島中流峙，神祠絶壁懸。群烏紛接飯，一鷺悄迎船。樓閣嵌空綴，帆檣左右旋。將星宵隕處，折戟委風烟。明左良玉卒於磯下。

予五歲隨先大父赴池州學舍今重泊此感賦

猶憶齡䰈齔，含飴愛獨專。官同元亮退，經愧小同傳。視膳盤堆苜，留賓座乏氈。衰頽重小泊，六十有三年。

郡郭溪山勝，陪遊冠復童。選樓楓散綺，村店杏霏紅。帝子靈疑降，樊川句最工。翠微亭畔路，酩酊醉西風。

謫仙聞笛處，水石寫清音。遥夜孤舟泊，寒濤千尺深。龍吟傳古調，鶴唳警鄉心。欲采溪毛薦，遺徽杳莫尋。

風雨宿烏沙夾侵曉雨止風迴瞬息達皖口

黑雲壓如山，催起神鼉吼。孤舟苦掀簸，巨索繫枯柳。猛疑地軸翻，誰云積塊厚。風急雨灑之，急響勁於帚。擁衾悄無眠，自亥直訖丑。荒雞喔喔啼，篷窗漏星斗。榜人慣貪程，招招試身手。駭筈飢鴟鳴，絶轡奔駒走。浪花浩無垠，一氣吞八九。浮生等飄蓬，利涉亦云偶。只有皖公山，當杯開笑口。

大觀亭展余忠宣公墓

如此江亭信大觀，悲秋弔古一凭闌。周遭樓堞蒼牙布，凜冽鬚眉碧血寒。守冢應憎危學士，部民無那孔都官。謂阮大鋮。莫尋百子山樵跡，恐惹靈風湧怒湍。

天門山

雙亹矗立江之湄，穹崖複磴交厜㕒。東山軒然秀而拔，如古丈夫凜鬚眉。西山蜿蜒富林壑，山村返照晡烟炊。夙聞羅浮兩山勝，每以風雨爲合離。龍門伊闕載圖志，名公幾輩争探奇。岷濤萬里迅東下，元氣直瀉無倭遲。大姑小姑互凝睇，明糊影湛銀琉璃。金焦兩點扼海口，潮頭一線奔駒馳。兹山宅中作砥柱，大似六柱靈鼇支。吾昔輸銅蹈習坎，渝瀘啓柁穿巫夔。峽江綿亘七百里，攙天巨障濳娥羲。飄然一葉躪九隊，哀猿催泪如綆縻。至喜亭邊賀出險，驚魂猶訝蛟涎遺。似此江山信軒豁，矧值顥宇纖雲披。錦袍仙人儼咫尺，曷不對景傾千鴟。勸君且莫傾千鴟，巨魚跋浪方揚鬐。

采石磯詠古

琅琅詠史聲，江天戛清響。不逢謝鎮西，誰是知音賞。終老運租船，悠悠困厮養。
張樂潛深淵，漫把靈犀燭。幽明迥殊途，入夢神如告。可惜第一流，中年遽不禄。
樓下江流清，樓頭江月白。月色自千秋，曾照騎鯨客。更有瘦吟僧，青山共藏魄。
健筆蕭蘭陵，照壁墨花噴。差同宗炳遊，兼寓向平願。想見拈毫時，圭稜起方寸。
北兵捲甲來，鉦鼓聲震瓦。桓桓虞雍公，奇兵善用寡。不然吳山巔，早立完顏馬。
濠上奇男子，先登奮鷹揚。策勛侔中山，唐哉異姓王。行年僅六六，似避良弓藏。

寄亭上人坐關誦華嚴經募裝佛像賦贈

萬點天花丈室盈，莊嚴寶相現分明。鬢絲密比長松鬣，吟帙攢如細竹萌。偶識諸天旛動影，慣聽五夜梵傳聲。建瓴運甓勞勞甚，彈指樓臺湧化城。

吴門晤吴槐江制府

炎風朔雪飽經嘗，一葉新攜載石裝。鍾傅待鐫丙舍帖，晉公新拓午橋莊。人誇絳節威名遠，我識黄花晚節香。入座不禁長太息，相看鬚鬢白於霜。

曉過泖塔

章練塘東雲水深，小蓬壺影儼遥岑。阿誰催醒篷窗夢，半是潮音半梵音。

送張查山之青陽司諭任

先生胸中富邱壑，九華秋風去秉鐸。壺中景比胸中奇，信手烟雲恣揮霍。緇林講罷清晝閒，飽看蒼翠縈簾幕。阮家摺箑詠招涼，投筆解衣任盤礴。就中最勝蓮花峰，長日青霄綻跗萼。涉冬快雪届時晴，白芙蓉朵凌空擢。知君呵凍拈霜毫，粉本雲巒儘灑落。撫琴應思宗少文，列炬還嘆謝康樂。昇輿弟子卻逢迎，濟勝依然健腰腳。況聞管内毘盧臺，金源尊者身曾著。肉身陡化丈六身，兜羅綿影垂瓔珞。有時慧力現光明，五夜神燈散解駮。君行恰值會盂蘭。吳楚僧徒殷郊郭。攔街膜拜誦摩訶，絶似海潮音大作。香爐巘燭（一峰名）交迴環，登頓層層扳鐵索。試追道子寫降魔，巨壁高堂境重拓。自來儒墨本同源，杜費斷斷區蜀洛。書畫緣深裝慣攜，孝廉名重船頻泊。別路剛逢楚塞鴻，鄉心休憶華亭鶴。祇慚衰懶怯登臨，尚擬相從躡芒屩。

泛舟迦塔納涼

蓬萊宫闕淪滄溟，六巨鰲足隨波零。具區泥潤百頃渟，溘而不湍工肖形。何來小島若聚萍，中有紺塔撐岩亭。老夫桃笙殘夢醒，忙呼野艓浮蛉蜓。導船者鷺照路螢，港汊歷歷澄疎星。沿緑一晌涉淺汀，呀然一賓安輕舲。僧廬白晝門半扃，閒漏佛火光熒熒。龐眉長老近九齡，憐予衰朽扶伶仃。爰扳高閣等建瓴，披襟風起泠然泠。御之而行躪紫庭，潮音梵音斷續聽。何異廣樂陳軒廷，菰茭琵琶聞微聆。知有漁父提答箵，水田千罫連畦町。芙蓉九點儼畫屏，小崑一角延餘青。抱遺老鐵吟屐停，鷩衣野鶴披雙翎。梅花三弄飛玲玲，由罷定有潛蛟聽。搭根泉載桑苧經，誰調符竹區渭涇。老僧年利慣釀醽，試扺石銚魝銅鉼。潮平舟迴夕照暝，弦月已射篷窗櫺。

泊横山有感

五茸枕海濱，廣斥千萬畝。灌溉資江湖，所憾乏岡阜。哂兹郱莒邦，强附齊州九。誰歟錫嘉名，纍纍等峿嶁，就中數横雲，鍾美良非偶。有嶅兼有邱，連林更連藪。峰巒互縈紆，亭館羅前後。奈何平泉莊，未閱百年久。我來祇小泊，興廢咨鄰叟。瑯琊泊清河，述勝不容口。花竹半凋零，只餘數行柳。巍祠額尚存，樵牧任奔走。何如鑱使平，縱横蓺菘韭。山月出漸高，解纜重回首。

過垂虹橋口占

罾魚唧尾登秋市，籪蟹爬沙簇夜燈。自詡老饕饒口福，輕帆一翦下松陵。

卷四

定慧寺在蘇州葑門内東坡來吴寺僧守欽契順留憩焉公謫惠州契順徒步相訪公爲書歸去來詞贈行後人塑像鐫書於寺左歲久湮廢彭君桐橋重加整葺作歌紀之

坡公才筆凌仙都，如龍遊遍江與湖。偶然戲示片鱗爪，奚啻摘頷登神珠。生平三莅浙西郡，泥鴻蹤跡經中吴。虎邱百級鑑古井，鮆溪一曲尋精廬。欽師順弟宛夙契，迥與璨島通寒殊。談空説有厭饒舌，安禪相對跏而趺。飄然一别二十載，玉堂宵直沽宫壺。豈知身宫墮磨蝎，投荒迺落瘴海隅。惠州雖遥豈天上，不過白鶴峰巔居。隻身飛錫越萬里，重繭其足黧其膚。誼同元修暨曇秀，一紙况遞千金書。八詩十頌示微旨，春婆噩夢堪長吁。公時晚歲慕靖節，和章外稿中含腴。是詞尤愛入骨髓，峨眉詎有田園蕪。長篇短律等集腋，肯效學步邯鄲姝。大書巨幅作持贈，報師厚意良區區。打包弆作鎮山寶，鐫石直抵千璠璵。誰摹畫像效尸祝，生氣凛凛騰眉鬚。滄桑幾度閱人世，像凋石泐苔紋鋪。彭郎剔碑兼塑像，自笑痂嗜寧非迂，山塘勝地競遊賞，高樓懷杜配仰蘇。蕭齋笠屐人宛在，二王先後摹重圖。繡谷蔣氏得笠屐像，築蘇齋奉之。王麓臺、王石谷俱有圖。三方鼎峙廿里近，來往仿佛雲旗趨。掘井得泉水即在，勝訪故里尋巴巫。我來三宿展膜拜，心香一瓣矢勿渝。載翻鶴南飛笛譜，籲公萬里歸來乎。

湖上偶成

山凝翠黛水鋪銀，彈指夷光現化身。朝喜山雲開口笑，暮看山雨蹙眉顰。
白蓮屑粉珠塵細，新茗烹泉緑雪霏。更上湖樓徵饌譜，醋香筍脆玉鱗肥。

二陸草堂懷古得篠字七言古，陳學使月課擬作。

九朵芙蓉青未了，谷水寒波浸紅蓼。問誰選勝搆書堂，二俊聲華出塵表。將門三世起文人，縣圃騰騰璧光皎。莫嫌覆瓿嗤練都，作賦幾曾患才少。鐵鎖沉江青蓋飛，降幡一片悲吳沼。家江秋老鱸魚香，大可垂竿披袯衦。如何龍躍誤虛名，洛城南望鄉園渺。澄湖千里枉思蓴，吟廨三間尚懷篠。是時司馬閧家兒，長沙成都繼齊趙。書生何苦强談兵，惡夢隨車黑雲繞。咄嗟孟玖爾何人，積羽沉舟慍群小。漫將白帢換戎裝，玉石連岡供一燎。臺荒堂圮草連天，斜日孤村喚嗁鳥。浣花詩翁名共傳，鍾山逋客風斯杳。玆來訪古展登臨，合采溪毛薦清醥。山昏徑遠霜鐘遲，鶴唳一聲催月曉。

小樂府四首 陳學使月課擬作。

相馬篇 物色駿材也。

房星墮地光熊熊，金驣汗噴桃花紅。九方歎誠不易覯，昂然振鬣嘶長風。夙聞畫馬畫肉兼畫骨，鏡瞳月權凹復凸；又聞相馬在德不在力，振轡臨衢語通臆。籋雲逐日奔絕塵，偃蹇龍性誰能馴。孫陽一顧足千載，騂騮跛鼈羞同塵。不見太行鹽車困騏驥，虞坂長鳴空灑淚；又不見千金市駿自郭隗，燕昭特築黃金臺。

識曲引辨正文體也。

丹樓如霞矗空青，中有佳客揮素琴。松風泠泠泉虢虢，静悟琴德參琴心。世間箏笛競悦耳，玉軫金徽罕人理。誰收椽竹斲焦桐，螳螂捕蟬通妙旨。空山遥夜雪滿枝，斧柯在手寧輕施。游儵振鱗馬仰秣，希夷幼眇無人知。不見折楊皇荂門韶冶，一曲陽阿和者寡；不見高山流水遠望洋，海波澒洞天蒼茫。

書估行購求異書也。

赤虹韜光紫苞秘，邈佶烈文渺人世。鴻都石刻半銷沉，何處嫏嬛尋福地。霅溪估客巨艑來，居奇議值音囉唻。琳瑯金薤燦盈目，三倉五車奚有哉。紫陽厤沙示繩矩，陳解元坊堪接武。江鄉近數琴川毛，高閣隆然標汲古。使星近耀牛斗墟，南狐東馬差相如。雍容橐筆承明廬，遍讀人間未見書。

河兵謠咨訪河務也。

洪河九曲趨東南，勢若萬馬馳趁趲。重隄複閘互保障，什什伍伍呼丁南。河冰凍如鐵，邪許聲中骨應折；河風利如刀，短衣雪壓兼霜饕。振振袀服弓載櫜，搴茭伐楗勞筋勞。脱然一蟻潰金穴，囊頭貫耳誅安逃。改歲中和贏小月，桃花春漲遲遲發。只愁淫潦伏連秋，蜩螗支祁憑出没。淮陰十萬户，户户成波臣。防河之險倍防戍，爾兵辛苦難具陳。語君且勿陳，治河使者方來旬。

閲香山集見初病風作次韻志感首句即用白詩

六十八衰翁，消寒仗火攻。心驚西崦日，耳怯北窗風。頹狀慵騎竹，勞生歎轉蓬。南帆連朔轍，盡瘁道途中。

六十八衰翁，那堪疾疢攻。有人憎鼻涕，無檄愈頭風。僕厭爐煨藥，朋譏徑滿蓬。祇期腰脚健，一躍入壺中。

六十八衰翁，寒威尚耐攻。鶴歸閒語雪，鷁退爲迎風。暇斲長鑱木，慵梳短鬢蓬。莫嫌毛穎短，活計在其中。

六十八衰翁，全消愛惡攻。豹藏長入霧，驥老悔追風。且享千金帚，幾成萬里蓬。龍争兼蟻鬥，鬥付醉鄉中。

入春寒色甚厲用東坡往岐亭韻首句即用蘇詩

十日春寒不出門，門前大類野人村。愁看鏡裏霜髭影，默數天涯雪爪痕。濁酒頻沽成薄醉，茸裘半禿戀餘温。桃僵李代渾忘卻，只有梅花繞夢魂。

郊行

郊行逢雨霽，春色未曾闌。野水桃花漲，孤村麥秀寒。支筇忘徑陿，步屧趁泥乾。燒筍誰家餉，聞香羡飽餐。

臂痛經年飲禾城黄東樵百益酒頗效東樵索詩用查悔餘顧書宣兩編修倡和原韻

武夫手斫神淵鼉，文士手障滄溟波。吾生腕力愧痺弱，那能潑墨寫擘窠。祇餘結習嗜吟嘯，纖兒齒冷傖父呵。南衝瘴癘朔冰雪，愧乏慧力降群魔。臂如懸槌指槁木，寒痒入骨知無他。千金良方萬金藥，融入重酎蠲沉疴。蓬蓬貫腦兼沸耳，大似雪夜喧鶩鵝。洪爐鑠金雷奮蟄，陡覺膜回微和。浸淫元氣滿大宅，覽鏡忘卻蒼顏酡。心知酒旗星莅越，帶水惜未黄壚過。主人牧羊金華嶺，扣角時作嗚嗚歌。春波門邊月波暈，洞庭春色休誇坡。吹咀幾巡搗幾遍，占候長日消無何。陰陽炭配風火鼎，震上巽下重爻羅。百和百合名頗稱，益壽益智錫孔多。刀圭祕①術倘許乞，奚殊貸粟逢監河。

上巳同人集廣富林展雙忠祠并送桂堂太守入覲

皇甫林訛廣富林，林端祠宇景蕭森。長風立馬銀濤湧，落月啼鵑碧血沉。牓識昭忠安毅魄，書傳招隱負初心。予在滇得太守書，有結鄰祠左之約。知君無限青霞氣，想像雲旗日夕臨。

① 祕，原訛「祕」。

集夫弟題予吟稿次韻酬之

閲遍風波强自豪，聊憑斫劍吐牢騷。筆頭穎秃休嗟老，車脚薪然尚告勞。自昔揚名成畫餅，於今避謗合藏刀。籠紗覆瓿渾閒事，敢覬流傳紙價高。

好句遥傳淜合離，如彈流水遇鍾期。享餘敝帚曾何補，詅遍癡符不憚疲。東浦潮回空竚望，西堂草長費尋思。誦耘五葉留貽遠，想見斷斷念始基。「誦耘處」爲先大父廳額。五世孫理黄從弟受業，今年入泮。

遊西林寺

天風拂拂動旙竿，初地高高拓戒壇。孤塔留雲晴亦雨，雙松障日夏猶寒。地睽西竺宗支渺，名配東林社侣殘。難得先芬標丈室，擘窠真似墨蛟蟠。寺中方丈題額，族祖文恪公筆也。

課童薙草

薙人掌秋官，夏夷職攸屬。豳頌詠載芟，杇遍荼蓼毒。予家東海隅，近徙西郊曲。中庭隘而窪，兼逢潦暑溽。蓬鬆蔓難圖，直恐周道鞠。亟呼懶散奚，鴉嘴更番劚。非種者必鋤，允宜殲厥族。巢栖絶蚊蚋，穴居斂虺蝮。老夫憚炎歊，納涼趁新浴。布席憩其間，跂腳還坦腹。鄰牆樹陰濃，時送清風謖。因懷仲蔚居，蒿徑長裹足。更慚道州賢，生意盈階綠。

閲邸抄知龔太史綬授職檢討賦以志喜即遥送其回滇述婚兼寄懷玉亭尚書

籍甚淩雲譽，登瀛最少年。才華金管麗，品望玉堂仙。清夢三廳迥，歸心萬里懸。柯亭徵掌故，好似過關賢。本朝館選後給假歸娶者，史文靖相國、袁簡齋明府、秦芝軒大寇、祝芷塘侍御、李松雲太守、盧南石少農與君，共七人。

金馬坊南巷，門闌喜色新。斑衣娛永日，晝錦耀比鄰。好浣畫眉手，相將侍漏人。還朝期改歲，同覽鳳城春。

少賤誰青眼，俄邀大老知。鑄顔心似訴，説項口忘疲。吾識登龍迅，人驚市駿奇。此行重展謁，屐齒折奚疑。

一自滄江卧，侵尋衰病攻。傷鴻迷爪跡，磨蝎錮身宫。愁比張平子，蹇如馮敬通。蓬山有歸鶴，應盼海天東。

陳谷湖畫楳六幅見貽賦謝即爲七十壽

先生潑墨如霏雪，滿樹瑀英搗成屑。先生拈毫如屈鐵，三尺枯毫勁誰折。蕭齋侵曉薄寒冽，地爐香清紙帳潔。玉龍衙衙鱗怒裂，横枝直枝影明滅。凍雀無聲蹇驢蹩，探芳頓悟通靈訣。天葩萬朵信手掣，色空界浄忘言説。旁撑瘦石凹而凸，無多松竹補其缺。吴楊倪顧派憑别，瑶臺仙子聯行列。六銖縞衣偶露襭，六幅湘裙逝波瞥。知君心跡雙清絶，期頤長葆歲寒節。

亢旱聞當事祈禱甚殷用東坡宿靈隱寺禱雨詩韻寄懷陸僑南廣文

自從解組覺身閒，長日桃笙跂腳眠。祇恨①投瓢多苦調，何如試茗品甘泉。嚼蔬未覺腰圍瘦，時禁屠宰。掃葉休誇腹笥便。予方襄校府志。不待無年方乞米，歸來厨傳久蕭然。

謝朱觀白餽水蜜桃

葉密枝柔裛露香，炎天紺雪賽玄霜。綏山一顆尋常品，合配紅綃十八娘。

① 恨，原訛「悵」。

夜雨泊平望

倦旅耽宵泊，維舟鶯脰湖。疎篷風更雨，古驛越連吴。水宿聊依雁，江寒想鈎鱸。焦禾彌望眼，曾否涸鱗蘇。

武林口占

黑橋壩口障涓涓，纔度嚴關遽泊船。猶憶松毛塲外住，捲簾長日緬湖天。

振策吴山第一峰，峰巔老桂汎香濃。品花詞伯今何在，可有吟魂拜曉鐘。悼桂堂也。

鷲嶺岩嶤鎖白雲，深宵落子証聲聞。王前盧後多饒舌，標領宗風合讓君。

九蓮香界冠諸天，士女聯行膜拜虔。願乞破蒲團一角，好停行腳了殘年。

題聽秋圖用孫淵如觀察韻

商氣迅如許，蕭騷殷碧空。萑催衰草白，雁叫夕陽紅。梧徑霽疎雨，竹窗淒晚風。忽驚花二月，江岸湧丹楓。

沈芝田孝廉以七月二十有四日六旬初度僕適在杭未得致祝歸贈以天台藤杖媵詩一章

聞道耆英會，齊扳八詠樓。加餐崇貳膳，轟飲藉添籌。鶴唳横雲曉，鱸香谷水秋。好携老藤杖，健步訪林邱。

初落一齒

有生在始基，尚齒義攸託。丱歲齓復萌，頽齡摇且落。家世本寒氈，果腹甘藜藿。自叨大官厨，長筵恣大嚼。羶薌嗜髖髀，麤硬餍餺飥。作宰古虞州，巨棗如瓜削。纂纂啖連升，黄色染如堊。南遷入瘴鄉，驚見爨人鑿。入峒争漆塗，視琀綴金錯。一從賦歸與，蕭瑟門羅雀。齒冷憑訕嘲，齒會誇矍鑠。豈知蒲柳姿，六根總薄弱。始焉豁其齗，繼迺撼其齶。迎距多齟齬，茹吐輒前卻。懶效九聲呼，枉覓萬金藥。秖時頓伮邪，隳後費捫摸。輕疑葉辭條，遍地隕殘擇。號亡虞必迅若泉出山，那復歸舊壑。其餘亦殆哉，休道含餔樂。鄰邦陷重圍，矢石交肉薄。虢亡虞必從，早晚潰風鶴。剛折吾已諳，老至君漫噱。叩憎習坎虛，漱恐華池涸。齝生俟何年，攝生慚抱朴。

題海口俞潛山海潮輯説即壽其八十

先生卜宅滄溟閒，壯遊曾訪蓬萊山。知仁樂壽效自昔，瓶印廣宙襟期寬。門前坐挹萬萬頃，外瀛内裨交迴環。巨鰲騰身鰌啓穴，嘘噏朝夕無停瀾。仲任叔蒙競饒舌，若天窺管豹見斑。宣昭燕肅洎盧肇，著論漫詡垂不刊。野史紀載更誣誕，詎有胥種馳銀鞍。先生探根更躡竅，鈎櫖直訖秋毫端。以朝爲義月爲量，朓朒朏魄同跳丸。犛牛毛聳雞口喔，南斗東斗捎闌干。當其振筆萬靈集，始知郛郭等扣槃。書成藝苑廣傳播，一字轉訝千金慳。其他著述動盈篋，鉛槧朱墨塗斕徧。迺知通儒裕學養，宜臻大耋神明完。朔風昨宵警薄寒，籬菊綻紫林楓丹。潮音誦唄爇寶檀，如川福量增漫漫。添籌吉語定解顔，百歲長見桑弧彎。

米貴

澤國稱宜稻，何爲貴似珠。飢真同曼倩，擲欲藉麻姑。休效加餐祝，難尋辟穀符。誰爲稱仁祖，轉悔卻胡奴。

夏旱雖云酷，災延僅一隅。計贏奸儈販，待價富倉儲。乞米空書帖，監門合繪圖。似聞家令議，拜爵尚催輸。

贈艾鐵埜明府三十韻（時權崑山篆）

西川富人文，淵雲互淩駕。堂堂三蘇公，井絡星芒射。升庵最後起，未肯甘出胯。吾昔遊修門，求友遍館舍。醉翁門下士（白華總憲），如山仰嵩華。先登田（秋坡觀察）與陳（靖菴太守），五馬連城跨。滿月東鄉張（吉亭刺史），倚風資州夏（鷺汀明府）。惟君遲出山，相見轉相訝。得邑東海隅，竹馬紛來迓。下車枊講堂，儼挹文翁化。論政理必伸，禮賢意每下。温肅善權衡，誠懇泯虞詐。精心釐塵牘，戴星徹曉夜。遂俾蚩蚩氓，相率服犁耙。雨風召和甘，屢豐大田稼。嗷忘中澤劬，德比大酺赦。猶不廢嘯歌，騷壇整以暇。迄今五稔贏，人思寇君借。誰知有脚春，宦境等噉蔗。鶴灘溯鹿城，近若滙連灞。一拳積玉山，蒼翠密無罅。阿瑛剩草堂，仿佛覯臺榭。公餘展登臨，得句俊堪炙。通儒現宰官，詎惹時流詫。蒙也届懸車，近遊賦宜罷。衝寒刺船來，爲趁江未垻①。豬肝累故人，合遭傔從駡。扶鳩叩衙齋，賓筵逢飲蜡。剪燭兼圍爐，臘醅剛出醡。醉來嘅昔遊，多半枯桑謝。

題晉夫弟滄江静夜圖照

古來書聖僂指數，五百餘歲推吾邦。吴興平原後先出，藝苑各各懸旌幢。莫家父子接踵起，高館遺墨薰蘭茳。香光居士滙衆妙，海鴻遊戲蹤跡跭。清河尚書尤後勁，筆陣一掃千軍降。天缾寶刻儲秘府，煌煌天語消群哤。吾弟嗜書本夙禀，紙田筆耒勤耕耩。卅年卜居海東滋，開門長

① 垻，原作「垻」。

日臨魚缸。朝潮夕汐得妙悟，五夜欹枕聽驚瀧。霏烟結霧搆生態，快劍長戟森銛鏦。纖毫一縷蠆尾肖，巨鼎百斛龍文扛。被池劃破門限裂，興來任意浮輕艭。是時江静萬籟閴，荒村野汊潛驚尨。水蚕無生露蚕咽，微聞遠寺昏鐘撞。俄焉銀蟾湧天末，金波百頃侵篷窗。翠牀珊格一無有，胡來寶燄騰殘釭。天弓猛射彩橋架，大似洱海浮水樁。滇人呼虹爲水樁。弟也拭硯舒勁腕，仿佛三老馳風篗。淋漓潑墨漬袍袖，一縑揮罷傾千缸。居然意氣傲顛米，涪翁贈句奇無雙。書淫詩癖入骨髓，傖父哆口嗤愚惷。合搆三管香案直，瓊琚玉佩鏘琤瑽。何爲一衿困垂老，依然戢影栖滄江。若非戢影栖滄江，安得白頭兄弟相對鬚眉龎。

七十生辰志感

鬢霜髯雪太侵尋，閱徧艱危歲月深。拙宦何妨貧徹骨，達觀敢説矩從心。魚因貪餌曾攖網，鳥爲傷弓始入林。只是多生餘結習，愁來不廢短長吟。

落花茵溷任飛颺，坦率休嘲夏課荒。投刺誰與迎倒屣，捉刀聊爾戲逢場。交唯文舉纔稱禰，賦愧相如孰薦楊。從此鹽車駕騏驥，勉登虞坂困羊腸。

大海槎回到岸初，蓬山風引悵何如。爛柯事待千秋定，入坎身經九死餘。猛闖天關驚虎豹，險投水府飼黿魚。昆池刼是恒河刼，歸路猶疑夢境虚。

浮江陟嶺影形孤，直待衰頹返孤吾。殺馬毁車拚遯跡，破巢完卵費將雛。鋤荒幷之陶潛徑，息轍休傷阮籍途。幸荷佛慈圓老眼，生辰以四月二十一日前一日爲眼光菩薩誕辰。看花還倩瘦藤扶。